ON S'EN SOUVIENDRA !

DU MÊME AUTEUR

Les Passions du dimanche, éditions de l'Entreprise moderne.
Carnets mondains, La Table Ronde (grand prix de l'Académie de l'humour, 1962).
Madame n'est pas servie, éditions de la Pensée moderne.
Petit Précis de sociologie parisienne, Grasset.
Lettre ouverte aux marchands du Temple, Albin Michel.
Comment devenir animateur de radio sans se fatiguer, éditions de la Pensée moderne.
Un oursin dans le caviar, Stock.
La Cuisse de Jupiter, Stock.
Impair et passe, roman, Stock.
Du vinaigre sur les huiles, Plon.
Et si je disais tout..., Stock.
L'Huile sur le feu, Mengès.
En pièces détachées, Presses de la Cité.
Douze mois et moi, Stock.
Tous des hypocrites sauf vous et moi..., Albin Michel.
Un oursin chez les crabes, Stock.
Les Champions du loto, Presses de la Cité.
Les Grosses Têtes, Atelier Marcel Jullian.
Maximes au minimum, Robert Laffont.
Le Théâtre de Bouvard, Jean-Claude Lattès.
Le Petit Bouvard illustré, Presses de la Cité.
Je ne l'ai pas dit dans les journaux, Presses de la Cité.

(Suite en fin d'ouvrage)

PHILIPPE BOUVARD

ON S'EN SOUVIENDRA !

Le port du masque n'empêche pas de marcher sur la tête

l'Archipel

Notre catalogue est consultable à l'adresse suivante :
www.editionsarchipel.com

Éditions de l'Archipel
92, avenue de France
75013 Paris

ISBN 978-2-8098-4256-2

AVERTISSEMENT SANS AUTRES FRAIS QUE LE PRIX DE CE LIVRE

Avant même que ses lecteurs ne s'en avisent, l'auteur tient à spécifier qu'il n'est pas un intellectuel s'arrogeant le monopole de la pensée, mais seulement un travailleur cérébral se servant davantage d'une petite matière grise que de gros biceps ; que si la nature l'a doté d'une intelligence très moyenne souvent amoindrie par de calamiteuses études, il a pu faire parfois illusion en étant beaucoup plus rapide que des contemporains bien plus intelligents que lui ; qu'en dépit de ses sept décennies de journalisme, il ne revendique pas la qualité d'historien de deux siècles mais seulement le statut d'observateur du quotidien ; que, quoiqu'il ait beaucoup parlé à la radio et qu'on l'ait beaucoup vu à la télé, la presse écrite demeure sa mère nourricière ; que, s'il est exact qu'il aborde souvent des sujets dépassant sa compétence, c'est avec l'espoir de se cultiver en s'écoutant et de comprendre enfin ce qu'il a tenté d'expliquer aux autres ; que, unique responsable des pages que vous allez parcourir et qu'après les avoir dictées, il a longuement lues et relues, il est tout étonné d'avoir accumulé tant de fiascos, d'incohérences, de mises au pilori et parfois d'anathèmes ; que, ni révolutionnaire mais seulement parfois révolté, ni militant pour aucun parti et n'ayant adhéré à aucun syndicat, ne roulant d'autant moins pour personne que son grand âge ne l'autorise plus à tenir un volant, il n'en revient pas de voir son nom figurer sur la couverture d'un brûlot allumé à la seule flamme d'une actualité terrible et désolante scrutée chaque jour durant de longs mois.

NOUS ÉTIONS HEUREUX
ET NOUS NE LE SAVIONS PAS…

J'imagine que, si le virus s'installe parmi nous jusqu'à la fin du siècle, les générations qui vont se succéder finiront par s'y habituer et trouver normal de vivre avec lui. Je pense surtout aux contemporains qui n'ayant pas connu d'accalmie sanitaire estimeront normale une existence anormale. Or nous, issus d'une autre époque, ne pouvons nous empêcher de comparer la vie pendant avec la vie d'avant. Nous étions heureux et nous ne le savions pas. Sans nous en rendre compte, nous étions libres comme l'air qu'il devint ensuite dangereux de respirer.

Les lieux de plaisirs se sont vidés, les lieux de souffrance se sont remplis, la réanimation a remplacé l'animation. Jamais on n'aurait cru qu'un gouvernement majoritairement composé d'anciens élèves des grandes écoles pourrait accumuler tant d'incohérences et de pénuries. On a manqué de lits dans les hôpitaux ; on a manqué de cercueils dans les morgues ; on a manqué de médicaments dans les pharmacies ; on a manqué de masques ; on a manqué de vaccins ; on a manqué de fidèles dans les églises où l'on a cessé de rendre grâce à un Dieu qui ne paraissait plus rien entendre tandis que les écolos assuraient un transfert de divinités en vénérant une nature de moins en moins bonne fille. Or l'univers était en péril, la patrie mourante, la démocratie exsangue. Il ne nous restait plus que la famille qu'un président sans enfants ni petits-enfants nous déconseillait de trop fréquenter car les gouttelettes s'annonçaient encore plus nocives que les atomes.

Quand nous avions envie et besoin de nous requinquer, nous nous remémorions le passé. Surtout la nuit durant laquelle il est paradoxalement plus présent grâce à l'obscurité de la chambre et à la fermeture des paupières. Nous faisions bonne figure sans avoir obligation de dissimuler nos traits. Sans devoir nous éloigner d'eux, nous embrassions nos proches et nous serrions la main des autres. Nous allions au restaurant, au cinéma, au théâtre. Le soir, nous dansions parfois au gré de chorégraphies pas encore altérées par la distanciation sociale. On allait au bout du monde sans risque de contagion et sans menace de quarantaine. On invitait à son mariage autant d'amis que nos budgets le permettaient. La sexualité était débridée car le sida ne s'attaquait encore qu'aux lamas et aux chimpanzés. On était souvent joyeux, parfois comblés, toujours insouciants.

Il y avait bien, à chaque automne, une petite épidémie de grippe qualifiée de saisonnière suivie par quelques gastros. Certes, on ne sortait pas de l'hiver sans que quelques milliers de malades, âgés et mal portants, passent de vie à trépas. Pas de quoi créer une psychose ni menacer un pouvoir ne communiquant jamais sur ce sujet. Aujourd'hui, la grippe et la gastro ont disparu. Aujourd'hui, le virus frappe indifféremment sans tenir compte de la couleur de leur peau les jeunes et les vieux, les riches et les pauvres, les anonymes et les célébrités. Aujourd'hui, pour la première fois depuis que les statisticiens s'en préoccupent, la durée moyenne de la vie a diminué, aboutissant alors qu'on condamne les arbres de Noël à ce que ça sente davantage le sapin. Les croque-morts sont débordés. Il faut ouvrir en hâte, comme à São Paulo, des nécropoles supplémentaires. Les médecins sont sur les rotules qui doivent se partager entre les hôpitaux et les studios de télévision. Les soignants sont épuisés qui travaillent jusqu'à quatre-vingt-dix heures par semaine. Les journalistes sont à bout, contraints d'écrire ou de dire tous les jours la même chose sans être capables de trouver d'autres mots.

Bien sûr, nous avons disposé au bout d'un an de vaccins dont on ne prévoyait pas la mise au point avant une décennie. Pour l'heure, leurs effets secondaires sont limités et autorisent les spécialistes à répéter que les bénéfices l'emportent considérablement sur les risques. Mais sans disposer du recul nécessaire à l'estimation exacte de la durée d'efficacité, des contre-indications et de toutes les séquelles. L'industrie vaccinale ne sait plus où donner de la seringue. On construit de nouvelles usines. On lance de nouvelles spécialités dont certaines, après de très courts essais ne recevant pas les homologations indispensables, sont suspendues quelques jours ou retirées définitivement du marché.

Parallèlement, alors que les savants habilités à se pencher sur les problèmes virologiques n'ont jamais occupé davantage le terrain, le nombre de phénomènes sans explications augmente chaque jour. À savoir : les lits rendus disponibles dans les services de réanimation ont-ils été libérés par des guérisons ou par des décès ? La fameuse immunité collective qui résulte, dit-on, de la croissance du nombre des contaminés, ne risque-t-elle pas d'entraîner arithmétiquement un plus grand nombre d'issues fatales ? Pourquoi ne s'est-on pas mis d'accord sur le sexe du méchant virus, défini comme féminin par les officiels et masculin par presque tous les autres ? Pourquoi, alors que les idylles humaines et animales n'ont plus de secret pour nous, ne sait-on toujours rien des mécanismes de la reproduction virale ?

Enfin, peut-être vous interrogez-vous sur la raison m'ayant dissuadé d'assortir ce dramatique florilège de quelques histoires drôles qui vous auraient changé les idées. Les tragédies qui nous rattrapent quotidiennement, sinon dans notre existence personnelle, au moins chaque fois que nous ouvrons un journal, une radio ou un téléviseur, m'ont ôté l'envie de rire jusque-là chevillée à un corps que Jacques Martin prétendait « échappé trop tard à la statuaire antique ».

Je conserve la propension à m'attaquer à plus grand que moi. En profitant d'une différence de taille favorable au mordillement des chevilles gonflées par l'orgueil et le consentement de soi.

TOUT A COMMENCÉ EN CHINE

Confucius a dû se retourner dans sa tombe. Vingt-cinq siècles après sa disparition, une pandémie venue de son pays natal a espacé et parfois détruit les relations humaines dont il avait fait la clé du bonheur sur terre. Un désastre pour l'humanité. Une aubaine pour les complotistes persuadés que, le 17 novembre 2019, un laboratoire situé à Wuhan a sciemment laissé échapper le coronavirus avec l'espoir qu'à terme il ne laisserait plus que des Chinois en vie sur la planète. Quelques jours plus tard, le FBI transmettait à Donald Trump un rapport circonstancié sur l'inquiétant processus engagé par une cellule scientifique cofinancée par des Français. Or, le président des États-Unis, pris par ses parties de golf, n'en aurait pas lu la première ligne. Depuis, la rumeur a fait long feu. Certes, l'origine d'un fléau qui, à ce jour, a déjà causé cinq millions de morts dans le monde n'est pas remise en cause. Mais peu de savants sérieux adhèrent encore à la thèse d'une manipulation volontaire et privilégient plutôt l'hypothèse d'une transmission accidentelle par une chauve-souris dont ils ne précisent pas ce qu'elle faisait au milieu des éprouvettes. Dernière en date des explications : un laborantin se serait maladroitement infecté avant de contaminer toute la planète. À l'instigation des puissances occidentales, une enquête est toujours en cours sur ce délicat sujet. Mais sans que les Chinois acceptent d'y participer…

Le 23 janvier 2020 les autorités de Pékin ordonnent le confinement d'une province dont jamais les médias étrangers n'avaient autant parlé. D'abord, cinq millions de citadins, puis jusqu'à onze millions de régionaux sous peine d'un emprisonnement immédiat. À partir de ce moment, les chiffres des décès communiqués officiellement ne cesseront plus d'opposer les statisticiens indépendants et les services gouvernementaux. Car comment admettre que les victimes de ce qu'on appellera plus tard la Covid-19 soient moins de quatre mille, s'agissant d'une nation d'un milliard quatre cents millions de citoyens ? D'autant que, dans le même temps, on enregistrait quarante-six mille crémations rien qu'à Wuhan. Tandis qu'en haut lieu on consent un peu plus tard à déplorer mille trois cents victimes supplémentaires, on recense parallèlement l'annulation de vingt-et-un millions d'abonnements au téléphone portable.

Une année ne s'est pas écoulée avant que les Fils du Ciel soient autorisés à retrouver une vie normale. Réouverture des commerces et des restaurants ; réunions de travail et de famille sans masques ; liberté de voyager à travers tout le pays alors que les frontières sont toujours closes. Mais il faut croire que le principe de précaution n'est pas seulement un ukase français puisque, au pied de la Grande Muraille, on continue à pratiquer les prises de température et que les dépistages se poursuivent, parfois à l'aide de traçages téléphoniques.

En juin de cette année, le pouvoir reconnaît un regain de contagions. Infime car, sur une semaine, il se réduit à une vingtaine de disparitions.

Une question majeure – pour l'instant sans réponse satisfaisante – se pose donc. Par quel miracle les Chinois ont-ils été préservés ou guéris ? Il est vrai qu'ils ont profité à peu près au même moment que les Américains et Occidentaux de quatre vaccins devant d'abord donner lieu à un milliard d'injections qui se prolongent aujourd'hui au rythme quotidien de dix-huit millions. L'efficacité de ces produits n'a jamais été démontrée. Au contraire, puisque nombre de vaccinés étrangers habitant l'Inde ou le Chili ont succombé à la première piqûre. En Chine, on semble avoir jeté un voile épais sur les situations alarmantes. Pas de contestation possible ; docilité civile entraînant une passivité générale ; allègres encouragements à la vaccination sous forme de loteries et de petits cadeaux.

Sans doute convient-il de replacer ces « chinoiseries » dans un contexte plus général que celui de la pandémie. À l'instant où les successeurs de Mao Zedong décident de stimuler la natalité plutôt que de la restreindre, où ils sont à la veille de pouvoir se hisser en tête des puissances économiques, où, sur terre, ils s'évertuent à mater les trublions d'Hong-Kong, leur plus grande ambition se situe dans l'espace. La Chine s'installe au-dessus de nos têtes en procédant au montage d'une station orbitale et avec le projet de nombreuses missions précédant un tourisme spatial. Sans oublier, sous prétexte qu'elle fait depuis longtemps partie de notre vie quotidienne, une colonisation planétaire par des dizaines de milliers de restaurants chinois et sachant que leurs cuisiniers mélangent parfois canard laqué et espionnage.

MACRON, SEUL RESPONSABLE PUISQUE UNIQUE DÉCISIONNAIRE

Emmanuel Macron avait un peu moins de quarante ans lorsqu'il a été élu président de la République. Mais Bonaparte en avait trente-trois lorsqu'il est devenu Premier consul à vie et trente-cinq lorsqu'il s'est couronné empereur.

Macron, qui s'est érigé en médecin-chef de la France malade, est pourtant l'un des rares de sa famille à ne pas être un disciple d'Hippocrate.

Le président ne donne pas toujours le bon exemple. Sous le prétexte d'un « pot-au-feu de travail », il convie à dîner neuf notables démasqués en autorisant que les choux à la crème leur soient servis bien après le début du couvre-feu.

À force de distribuer des accolades et de serrer des mains, Emmanuel Macron tombe malade. Ajoutant l'isolement de l'infecté à la solitude du pouvoir, il se réfugie au pavillon de la Lanterne où Jospin avait fait aménager une piscine ainsi qu'un tennis et que Sarkozy subtilisa à Fillon en même temps qu'à tous les Premiers ministres qui lui ont succédé. Le troisième soir, il apparaît à la télévision avec le col roulé du confiné et les gros sabots du communicant pour annoncer qu'il donnera quotidiennement de ses nouvelles. Après quoi on ne l'a plus revu sur les petits écrans qu'après une guérison dont, faute de précisions officielles, on a pu imaginer qu'elle avait été obtenue, comme celle de Donald Trump, à l'aide d'anticorps de synthèse beaucoup trop coûteux pour être administrés à d'égrotants lambdas. Un entracte symptomatique qui lui permettra, quelques mois plus tard, de commencer une allocution en disant « nous avons été quatre millions et demi de malades ».

Que se serait-il passé si le président de la République avait succombé ? Par peur de la contagion, il n'aurait sans doute pas eu droit à des obsèques nationales, ni à un service religieux en cette cathédrale Notre-Dame de Paris qu'il était allé voir brûler un dimanche soir de 2019. Aucun chef d'État étranger ne se serait déplacé tandis qu'en France la magistrature suprême serait revenue durant quelques mois à un vétérinaire rambolitain.

Bien que possédant un vocabulaire très étendu, il répugne à employer certains mots. En particulier celui de « confinement », qu'il ne prononcera pas une seule fois lorsqu'il prendra solennellement la parole pour annoncer le premier de la série. Il préfère « le freinage massif ».

Après avoir été le ministre de l'Économie, Macron aura surtout été le président de la dépense. Sans doute a-t-il eu raison, au nom du « quoi qu'il en coûte », de soutenir la France et les Français à coups de milliards et en augmentant exponentiellement la dette publique. S'il y a remboursement, celui-ci sera très échelonné. Au point qu'il n'en verra pas la fin ni même la moitié puisque ce sont les arrière-petits-enfants qu'il n'a pas eus qui s'en chargeront.

Élu président de la République, il devient de ce fait grand-croix de la Légion d'honneur sans même être passé par le premier grade de chevalier. Trois mois plus tard il annule (peut-être au nom de la laïcité ?) la promotion dite de Pâques. De même, dix-sept ans après être sorti cinquième de l'Ena, il supprime d'un trait de plume la grande école à laquelle il doit sa réussite. Comme si, dans un souci tardif d'égalité des chances, il souhaitait que les futures générations n'aient plus accès aux privilèges dont il a bénéficié.

Macron restera comme le président qui a cru pouvoir régler la crise économique et sociale sans régler définitivement la crise sanitaire. Suffisant pour occuper souvent la une des journaux. Insuffisant pour être réélu et entrer dans l'Histoire ?

Assassinat de Stéphanie, policière du commissariat de Rambouillet. Le jour même, Macron rend visite à la famille et, le surlendemain, assiste à côté d'elle aux obsèques. Assassinat d'Éric, policier avignonnais. Le chef de l'État attend trois jours pour téléphoner aux siens et se faire représenter à l'enterrement. Serait-on mieux vu du pouvoir quand on habite près de la capitale qu'en province ?

Encore deux années à supporter Macron. Et peut-être moins de temps à vivre tant il est vrai que le virus est encore plus dangereux que Marine Le Pen.

13 mai 2021 : quatre ans qu'Emmanuel Macron se partage entre l'Élysée, la Lanterne et Brégançon. Beau parleur mais médiocre acteur, Macron aura assumé à merveille les tâches mineures de la magistrature suprême. À savoir, les éloges funèbres, les vœux de la nouvelle année et quelques anniversaires.

Toujours soucieux de son image et désireux de prouver que le premier des Français est resté un simple citoyen, Macron s'attable à une terrasse de café proche de l'Élysée pour célébrer le modeste début du retour à une vie normale de façon économe et frugale. D'abord, il ne se fait accompagner que d'un collègue de travail. Un provincial logé provisoirement à l'hôtel Matignon. Ensuite, il ne commande qu'un « petit noir ». Enfin, d'après le garçon qui l'a servi, il ne laisse aucun pourboire.

Chaque fois qu'on attend du chef de l'État une décision qu'il ne prend pas, je pense à la formule de Jules Renard : « N'écoutant que son courage qui ne lui disait rien... »

« Nous sommes en guerre », avait déclaré gravement Macron au plus fort de la pandémie. La paix définitive risquant de se faire attendre, malgré quelques armistices, on mobilisera les réservistes et on procédera au rappel des vaccins.

Macron, pour séduire les jeunes, s'adresse à eux en dialoguant avec le personnage d'un dessin animé et leur promet une console gratuite afin qu'en 2022 ils choisissent le bon candidat. Aucun message pour leur avenir mais la perspective de toucher bientôt 500 euros.

Pour restaurer son image de réformateur, Macron annonce la reprise de ses deux projets les plus contestés, concernant la diminution des allocations de chômage et l'augmentation du temps de travail avant la retraite. Deux textes qu'on avait tort de croire abandonnés pour cause de pandémie et d'impopularité.

J'espère que « Monsieur-Je-me-mêle-de-tout » ne s'emmêle pas dans ses interventions car le même jour il a dû recevoir des jeunes humoristes qui lui avaient consacré une vidéo, converser avec trois ministres et téléphoner au président de l'Égypte pour tenter de régler le problème palestinien.

J'imagine qu'avant chaque décision démagogique, avant chaque BA médiatisée, avant chaque interview importante, Macron fait calculer par une cellule spéciale l'influence escomptée dans les prochains sondages.

La maison brûle ! On assassine les femmes et les policiers ! L'État est impuissant et le président fait du tourisme en Afrique du Sud sans aller voir Charlène de Monaco, réfugiée dans son pays natal.

Immunisé contre la Covid mais pas contre le virus du pouvoir, Macron entre en campagne pour ne pas sortir dans onze mois de l'Élysée. Comme, pour commencer sa tournée, il a choisi un village de deux mille votants et qu'il faudra au moins vingt-cinq millions de voix pour gagner le scrutin, on peut prévoir qu'à ce train-là il devra visiter au moins douze mille localités. Sauf à composer son tableau de chasse avec du gibier frustré de ne pas avoir été tiré.

Bonne récompense à qui sera capable de révéler pour quelles raisons Macron s'est rendu au Rwanda. Car, après avoir reconnu une responsabilité de la France qualifiée d'écrasante par les historiens, le président français n'a exprimé ni excuses ni regrets s'agissant d'un génocide ayant fait huit cent mille victimes. Il est vrai qu'à l'époque l'Élysée était occupé par François Mitterrand avec lequel Macron dément toute filiation.

Giscard, Mitterrand, Chirac : les meneurs d'hommes sont souvent des suiveurs de femmes. Or il n'y a jamais eu la moindre rumeur de harcèlement sexuel sur le compte de Macron.

Autrefois, le policier était un notable qu'on était fier d'avoir dans sa famille ou de compter parmi ses amis. Aujourd'hui, il est devenu une cible voire un paria qu'on épingle sur les réseaux sociaux et en plus haut lieu encore lorsque le chef de l'État lui-même relaye les accusations de violences et de contrôles au faciès.

Si Macron a renoncé à la dotation à vie de 6 000 euros mensuels à laquelle les anciens présidents ont droit un mois après leur départ de l'Élysée, ce n'est sans doute pas par pur désintéressement ou pour cause d'une grosse fortune personnelle. Il aurait été mal perçu (en cas de non-réélection) de prendre dès quarante-cinq ans une retraite repoussée à 65 pour tous les Français.

On donne un peu partout la parole à Philippe de Villiers qui vient de sortir un livre répertoriant les fiascos de la Macronie. Les questions fusent sur tous les sujets. Mais pas une seule à propos de la retraite très anticipée de son frère, le général Pierre de Villiers, débarqué soudainement du « command car » qu'il avait partagé le 14 juillet 2017 avec le chef de l'État. Est-ce par respect pour la Grande Muette que l'ancien chef d'état-major des armées n'a pas rejoint la vingtaine d'étoilés en colère ?

En 2017, Macron affirmait que l'immigration n'était pas un problème et qu'elle était souhaitable socialement et culturellement. Revirement complet en 2021.

À la mi-juin 2021, Macron a avec Erdogan un tête-à-tête de quarante-cinq minutes qualifié d'apaisé par les commentateurs. Or, quelques mois plus tôt, le président turc conseillait au président français de suivre d'urgence un traitement psychiatrique. Macron n'est pas seul à devoir manger son chapeau. Après son élection, Joe Biden, le nouveau locataire de la Maison Blanche, qualifiait l'inamovible Poutine de « tueur ». Quatre mois plus tard il bavarde avec lui pendant trois heures entre deux poignées de main.

On doit à Alain Duhamel ce jugement mitigé sur Macron : « C'est un gouvernant de bonne qualité, mais c'est un politique maladroit. »

Notre propension à nous satisfaire de décisions inspirées par tout et son contraire devrait arithmétiquement lui rallier la totalité des électeurs.

S'il ne s'est pas toujours bien occupé des vivants, au moins a-t-il excellé dans l'éloge des morts : Simone Veil, Johnny Hallyday, Charles Aznavour, Jacques Chirac, Giscard et Jean-Paul Belmondo.

Quand il ne sera plus au pouvoir, il devra renoncer à un autre emploi à temps plein car il lui faudra se défendre d'avoir pris de mauvaises décisions ou de ne pas en avoir pris du tout.

Macron en T-shirt sur les réseaux sociaux. Moins démagogue cependant que Giscard lorsqu'il jouait de l'accordéon, prenait son petit-déjeuner avec des éboueurs et allait dîner chez les Français sans autre contribution qu'un pot de confiture prétendument confectionné par Anne-Aymone.

Lundi 16 août 2021. Profitant du retour des talibans à Kaboul et des vacances des vedettes de la télé, Macron réalise son vieux rêve de présenter le journal de 20 heures en même temps sur toutes les chaînes. Dommage qu'il ait dérapé en s'attaquant aux « flux migratoires ». Ce n'était vraiment pas le jour.

Fasciné par les feux qu'il ne maîtrise pas, Macron quitte sa thébaïde de Brégançon afin de voir de plus près les incendies qui ravagent le massif des Maures. De la même façon que, voilà deux ans, un dimanche soir vers minuit, il avait quitté l'Élysée pour regarder brûler Notre-Dame de Paris.

Bref, un bilan du quinquennat qui laisse beaucoup à désirer, mais je ne suis pas certain qu'à la place du benjamin de l'exécutif, j'aurais fait mieux que lui.

DE LA DÉMOCRATIE
À LA TOUBIBOCRATIE

En spécifiant que la France pourrait être gouvernée par ordonnances, la Constitution de 1958 semble avoir prévu que la toubibocratie remplacerait un jour la démocratie.

En février 2020, tout bascule. On ne parle plus de cancer ni de sida, mais seulement du coronavirus. Faute d'informations scientifiques et de spécialistes déjà reconnus, tout le monde dit n'importe quoi.

La pandémie permet de découvrir et de renforcer toute une administration parallèle : l'omniprésente Direction générale de la santé mais aussi les non moins puissantes « agences régionales » qui coûtent très cher et ne sont pas toujours efficaces.

Si l'on manque de soignants, la meute médicale n'a jamais été aussi pléthorique. Pas encore de pandémiologistes mais des infectiologues, des virologues, des épidémiologistes, des modélisateurs et des vaccinologues. Les pneumologues, les urgentistes, les psychiatres, les psychologues et les sociologues s'inquiètent, eux, d'être de moins en moins consultés. On les rassure. Grâce à la détérioration générale de la santé publique, il y aura des clients pour tout le monde.

Tandis que la conjoncture sanitaire se dégrade, les médecins prennent du galon et se divisent en deux camps : les docteurs-tant-mieux qui pensent que l'épidémie n'est qu'un feu de paille et les docteurs-tant-pis qui professent qu'elle va calciner la terre entière.

Le premier médecin infecté par ses malades succombe. L'inverse sera très rarement observé.

Démentant le nouvel intitulé ministériel alliant les solidarités à la santé, le nombre des opérations déprogrammées augmente en même temps que celui des malades atteints d'autres pathologies qu'on renonce à sauver ainsi que celui des chirurgiens promis au chômage partiel.

Le Conseil scientifique ne donne au chef de l'État que des avis consultatifs mais ses membres sont parfaitement libres de confier leurs états d'âme aux médias et ils ne s'en privent pas.

Premier support de la toubibocratie, la télévision mobilise tellement de médecins qu'on se demande qui peut encore, en dehors des malades, s'inquiéter du défaut de traitements.

Les politiques déboussolés font valoir qu'ils ne savent que ce que professent les scientifiques. Ces derniers avouent qu'ils en apprennent tous les jours. Ce qui veut dire que ce qu'ils savaient hier n'est plus valable le lendemain.

À la liste des augures auxquels on donne le plus la parole se dessine la carte des hôpitaux les mieux équipés : la Pitié-Salpêtrière, Lariboisière, Georges-Pompidou, Henri-Mondor. De bonnes adresses qu'il vaut pourtant mieux connaître qu'utiliser.

Si les soignants se rangent aussi fréquemment parmi les « antivax », c'est sans doute pour avoir mesuré de près la gravité de certains effets secondaires. Sauf qu'ils n'ont pas évité non plus le spectacle des infortunés emportés par la maladie.

Faute d'avoir déposé un brevet, le ministre qui, le premier, a déclaré à propos des variants : « C'est une épidémie dans l'épidémie », n'en a tiré nuls droits d'auteur.

De très nombreux médecins s'angoissent et désapprouvent le troisième déconfinement décidé autoritairement et avec une date précise par le chef de l'État. Le pari risqué de celui-ci sera gagné. Au moins provisoirement car la quatrième vague n'est pas loin…

DANS LES PHARMACIES…

Si Charles Trenet, surnommé « le fou chantant », était encore de ce monde, il aurait ajouté quelques couplets percutants à la chanson dédiée aux confrères de M. Homais, le pharmacien de Mme Bovary, car ces officines ont pris beaucoup d'importance avec la pandémie. Non seulement les potards ont remplacé les préparations magistrales par la commercialisation des vaccins mais encore, après quelques atermoiements, ils ont obtenu le droit de vacciner moyennant une rémunération de 4,50 euros lorsqu'il s'agissait d'une prescription et de 6,30 euros autrement. Sans oublier les ventes de médicaments dopées par la pandémie bien qu'aucun traitement n'ait été officiellement reconnu. Il ne s'agit pas de l'écorce de saule, efficace depuis trois mille ans et à l'origine des aspirines mais d'une pharmacopée vieillotte n'ayant d'autre mérite que d'avoir soigné dans le passé certaines formes de paludisme. Je pense aussi à l'hydroxychloroquine qui a connu un tel succès qu'elle se négociait au marché noir avant d'être interdite presque partout. De façon plus durable, le Doliprane consola Sanofi d'avoir raté son vaccin. La déception fut encore plus grande lorsque l'Institut Pasteur, fondation à but non lucratif employant vingt-six mille salariés et dédiée à la mémoire et aux travaux de notre plus génial savant, a dû reconnaître publiquement l'échec de ses recherches. En attendant la mise au point et la production de nouveaux vaccins, les traînards se sont reconvertis dans le conditionnement de produits étrangers.

Les laboratoires auxquels les maladies font gagner des milliards sont parfois contraints par la justice de débourser des millions lorsqu'ils ont mis sur le marché des spécialités mortifères. Ainsi en fut-il du Mediator, exploité par Servier, qui devait soulager les diabétiques et qui hâta la fin de beaucoup d'entre eux. Naturellement, la Covid a été un eldorado pour les laborantins qui ont remplacé les chercheurs d'or. On prévoit que l'industrie pharmaceutique investira désormais chaque année 40 milliards en nouveaux vaccins pour lutter efficacement contre les variants de la méchante bestiole. Dans ces conditions, on voit mal ces entreprises capitalistes renoncer à leurs brevets et à leurs fabuleux profits pour immuniser gracieusement les pays émergents. Bref, il vaut mieux être Johnson le pharmacien américain que Johnson le Premier ministre britannique qui, après avoir échappé de justesse au trépas viral, doit faire face à un regain de contagions.

Tout n'est pas entièrement logique dans ce type de réussites. À la science se joignent parfois le hasard et même la négligence. La découverte des providentiels antibiotiques est née de moisissures apparues dans les éprouvettes pendant les vacances des chercheurs. De même, on ne s'est avisé des vertus dynamisantes du sildénafil, substance active du Viagra administrée jusque-là pour soigner l'angine de poitrine, qu'en raison du fait que certains patients d'un certain âge retrouvaient plus souvent leur vigueur sexuelle que leur souffle

Par instinct de conservation et par appât du gain, les vaccins vont se multiplier. Au point que, dans les pharmacies, on tendra un menu au client comme dans les restaurants :

Qu'est-ce que monsieur prendra comme injection ? Nous avons le Moderna en plat du jour mais je vous recommande le Pfizer qui est très frais, à - 80 °C.

Reste le problème posé par l'AstraZeneca, rebaptisé en catastrophe, pas assez rassurant pour les bien-portants, assez inquiétant pour les candidats au suicide assisté.

Si de nouvelles lois n'assignent pas impérativement une limite à leur nombre, il y aura bientôt autant de pharmacies que de boulangeries tandis que les études afférentes se prolongeront autant que celles exigées par les spécialités médicales. Ainsi, les pharmaciens seront-ils mieux intégrés à la vaillante armée des soignants et pourront-ils partager la fierté d'avoir contribué à ce que la Covid-19 ait fait – jusqu'à présent – beaucoup moins de victimes que la grippe espagnole alors que la Terre est beaucoup plus peuplée que voilà un siècle.

L'ART D'INFORMER SANS RIEN DIRE

Les grands communicants sont généralement de piètres informateurs. Aux yeux du pouvoir qui les emploie, ils valent mieux par ce qu'ils réussissent à cacher que par ce qu'ils permettent d'apprendre.

S'agissant des spécialistes, je ne les entends jamais disserter longuement de remèdes ne cessant d'évoluer du jour au lendemain sans penser à la boutade de Jean Cocteau : « Puisque ces mystères nous dépassent, feignons d'en être les organisateurs. »

Pourquoi les interviews de nos gouvernants ne nous apprennent-elles rien ? Parce que, contrairement à leurs confrères américains, les journalistes français ne répètent jamais deux fois une question importante restée sans réponse.

La principale ambition d'Emmanuel Macron serait peut-être d'apparaître tous les jours au journal de 20 heures sur toutes les chaînes. Son intervention pourrait être précédée par les prévisions météo de Jean Castex suivies par le numéro d'un comique mimant les quarante façons de procéder à un lavage citoyen de mains.

La litanie des « gestes barrière », « cas contact » et « merci à vous » a moins freiné l'épidémie qu'elle n'a fait progresser ce qu'au temps de notre empire colonial on appelait « le petit nègre ».

Pendant plusieurs mois le professeur Salomon a détaillé chaque semaine le bilan viral. En insistant lourdement sur les pays plus touchés que la France et en omettant parfois le nombre de nos morts. On a appris par la suite que le directeur général de la Santé descendait du capitaine Dreyfus et que son arrière-grand-père était le codécouvreur du vaccin contre la diphtérie.

Nos gouvernants se gargarisent avec la stabilité des chiffres de la réanimation. En comparant le nombre des sortants avec celui des entrants. Sauf qu'ils ne disent pas qu'il y en a qui sont sortis sur leurs jambes et les autres les pieds devant.

La Covid a également tué le secret d'État. Ainsi, la plupart des effets d'annonce d'Emmanuel Macron ont-ils été volontairement édulcorés par les fuites qu'organisait l'Élysée pour ne pas heurter de plein front les citoyens électeurs.

Comment les inconnus peuvent-ils cesser de l'être, alors qu'aujourd'hui le masque interdit de montrer son visage ?

Mensonges gouvernementaux : déjà un quart de la population adulte a été vacciné (sans préciser qu'il s'agissait seulement de la première dose) ; au mois d'août 2021 tous les citoyens qui le désirent auront été vaccinés (impossible) ; nous sommes l'une des nations européennes à avoir le mieux fait face à la pandémie (faux).

Les médias se gardent d'insister sur le respect à géométrie variable du reconfinement. Parce que s'ils révélaient les enclaves d'une liberté relative, les touristes, principaux vecteurs du virus, s'y précipiteraient.

Hier, la sagesse populaire affirmait que là où il y a de la gêne, il n'y a pas de plaisir. Demain, elle reconnaîtra que si les chaînes de télé ne sont pas anxiogènes, l'audience cesse d'être au rendez-vous.

La variété des vocatifs dans les discours présidentiels va de « Françaises, Français » à « mes chers compatriotes », en passant par « mes chers concitoyens ». Mais jamais

« mes très chers contribuables ». Lorsque les membres du gouvernement devisent devant les caméras de télévision, le ton est davantage cérémonieux : « monsieur le Premier ministre » ou « monsieur le ministre », alors qu'ils s'appellent ordinairement par leur prénom.

L'exécutif est tellement conscient de la défiance populaire qu'au lieu de prendre la parole un jeudi soir, comme à l'accoutumée, le chef de l'État intervient à la télévision le mercredi 31 mars. Car le lendemain tombait le 1er avril où il eût couru le risque qu'on prenne pour des poissons ses décisions.

La nouvelle stratégie de communication gouvernementale est plus proche de la valse-hésitation que de la promenade argentine. Elle consiste à donner d'abord beaucoup d'espoirs aux Français entre deux accès de sinistrose. Par exemple : report de quinze jours en quinze jours des dates de déconfinement et de réouverture ; parfois, on insiste sur une amélioration infime. Ainsi, le couvre-feu passe-t-il de 19 à 20 heures.

Pour remonter le moral de leur clientèle, les médias se perdent en interrogations oiseuses : « est-ce qu'on ne pourra pas bientôt s'éloigner de quinze kilomètres de son domicile ? » et « pour les anniversaires admettra-t-on un jour deux convives de plus à la table familiale ? ».

Le chômage baisserait prétendument de 0,3 %. Mais on oublie de rappeler parallèlement le nombre de chômeurs partiels rétribués par l'État. Jusqu'à neuf millions !

On annonce que les modalités du troisième déconfinement seront publiées le vendredi matin par la presse régionale à laquelle le chef de l'État a réservé ses confidences. Or, dès le jeudi après-midi, l'audiovisuel rend publiques la totalité des informations.

Notre exécutif multiplie les autosatisfécits. Hélas ! nous sommes parmi les plus touchés en Europe et même dans le monde si l'on compare le nombre de nos victimes à l'importance de notre population. Parmi les autres sujets de contentement injustifié, un soi-disant record de vaccinations alors qu'avant même le Brexit, nous étions à la traîne du Royaume-Uni et d'Israël. Silence sur la mortalité qui en France dépasse proportionnellement celle de l'Inde et du Brésil.

Le succès croissant de l'audiovisuel laisse à penser qu'un jour on apprendra aux enfants à parler aussi vite que les journalistes sportifs et alors que l'écriture demeurera toujours aussi lente.

Longtemps, le nombre officiel des victimes que faisait le tabac a été de soixante-quinze mille par an. Il vient de s'abaisser à quarante-cinq mille sans autre explication qu'un besoin pressant de l'État d'augmenter ses recettes dites de poche. En fait, de métastases.

Si l'on confie aux écolos la mission d'enterrer la civilisation industrielle, peut-être affirmeront-ils qu'au XXe siècle Gaz de France était encore dirigé par le Pétomane.

Les ténors de l'odieux visuel ne chantent jamais les louanges du pouvoir. Leur seul refrain est la critique. En châtiment de quoi on a cessé de les décorer deux fois par an.

Le ministre de service annonce triomphalement que trois nouvelles catégories professionnelles bénéficieront d'un droit prioritaire à l'injection. Insuffisant pour faire oublier qu'en France la vaccination a commencé avec six semaines de retard.

Tous les candidats à quelque chose sortent un bouquin : Philippe de Villiers, Édouard Philippe, David Lisnard. Les livres sont moins lus que les affiches, mais ils dispensent de rétribuer les colleurs et rapportent plus d'argent qu'ils n'en coûtent.

Nouvelles accusations inspirées par la conjoncture. Dans le domaine sanitaire : « mise en danger de la vie d'autrui ». Dans le domaine juridique : « meurtre par conjoint ». Et pourquoi pas, s'agissant de la Shoah, « assassinats en série par cousins germains » ?

Le 20 mars 2021, c'est-à-dire un an après avoir distingué les commerçants essentiels des autres qui ne le sont pas, le porte-coton du pouvoir reconnaît un peu tard que c'était une erreur doublée de vexations qu'on aurait pu éviter.

Pourquoi rend-on périodiquement public le nombre d'ogives nucléaires que les grandes puissances se gardent bien d'utiliser et pas celui des couteaux de cuisine avec lesquels on commet chaque jour des centaines de crimes ?

Comment faire parler de soi et accessoirement de ses idées, de ses projets et de ses ambitions ? La recette est simple et peu coûteuse : dire le plus souvent possible n'importe quoi à travers tous les médias. Puis, si l'on dispose du soutien de l'État ou du talent d'un bon avocat, déposer plainte contre tous ceux qui ne sont pas du même avis que soi. Quitte, si l'on fait l'objet d'une action reconventionnelle, à recourir à la justice pour dénonciation calomnieuse. Après quoi, on peut promettre du travail aux chômeurs, de la santé aux malades, des logements aux SDF, la retraite à soixante ans. Sans omettre un renfort de quinze mille policiers et de vingt mille places de prison supplémentaires. Toute promesse dont la réalisation s'étalera par définition sur les cinq ans d'un autre mandat présidentiel.

Certains se demandent déjà quels sujets traiteront les médias lorsque la pandémie aura pris fin. La réponse est claire : ils traiteront le même sujet en employant les verbes du passé plutôt que ceux du présent et du futur. Inlassablement, ils rappelleront moins ce qu'on a fait que ce qu'on n'a pas fait et que ce qu'on aurait pu faire.

LES NOUVELLES STARS

ATTAL, Gabriel. Jeune secrétaire d'État capable de répondre – quand il ne les élude pas – à toutes les questions des vieux journalistes. Dépositaire de la pensée du président de la République qu'il cite toutes les trois phrases environ.

BACHELOT, Roselyne. Cette ancienne pharmacienne a couru le cachet entre deux portefeuilles. Elle a davantage fait parler d'elle en contractant le virus qu'en réanimant la culture. On suppose que cette passionnée d'opéra a dû, pendant son hospitalisation, fredonner comme Line Renaud « où vas-tu, Bacille ? ».

BENALLA, Alexandre. Au début du quinquennat, ce très jeune garde du corps était devenu le chouchou des époux Macron. Au point de passer directement du grade de brigadier-chef à celui de lieutenant-colonel et de bénéficier d'un logement gratuit dans l'immeuble qui avait abrité Anne Pingeot lorsqu'elle était la maîtresse de Mitterrand. À l'automne 2021, il devrait comparaître deux fois devant la justice.

BERTRAND, Xavier. Bien placé pour jouer en 2022 les « outsiders » comme Macron l'avait fait en 2017. Modèle d'organisation : en 2014, nous avions déjeuné pendant deux heures en tête à tête. Je n'avais ensuite plus entendu parler de lui pendant plusieurs mois avant qu'un matin il ne me téléphone pour me souhaiter mon anniversaire !

BEZOS, Jeff. Jette l'argent gagné avec Amazon par les hublots de ses fusées.

BLANQUER, Jean-Michel. Il travaillait déjà depuis trente ans dans le ministère dont Macron lui a confié la responsabilité. Bon orateur, il peut se passer autant de notes que les bacheliers en contrôle continu. Filmé de haut, il a parfois de faux airs de Louis de Funès. Mais en moins drôle.

BOURDIN, Jean-Jacques. Interviewer de BFMTV et de RMC. En faisant souvent semblant de ne rien comprendre et de tout ignorer, ce journaliste chevronné pose de bon matin les bonnes questions aux bons invités. Moyennant quoi, avant de passer la main, Alain Weill, le patron des deux médias, lui a retiré la responsabilité de la matinale radiophonique en provoquant un effondrement de l'audience.

Buzyn, Agnès. Ministre de la Santé qu'on a accusée à tort de n'avoir pas prévu la pandémie puisqu'elle a démissionné quelques jours avant son annonce officielle sous prétexte de briguer l'Hôtel de ville de Paris. Un minimum de suffrages l'a renvoyée à la médecine hospitalière qu'elle n'aurait jamais dû quitter.

Castaner, Christophe. Après s'être planté au ministère de l'Intérieur en braquant les policiers, il n'a pas mieux réussi à la tête du parti majoritaire où se sont multipliées les démissions. Sa fidélité aux séances nocturnes de l'Assemblée nationale pourrait lui valoir un poste de veilleur de nuit à l'Élysée.

Castex, Jean. Pourquoi Macron a-t-il choisi pour second Premier ministre ce notable provincial de la IIIe République égaré dans la Ve et qui, par un effort surhumain, est parvenu à accélérer un peu son débit oratoire mais sur un ton monocorde et de façon répétitive ? Parce qu'il était sorti trente ans plus tôt de la même école que lui ? Parce qu'il avait brillamment dirigé une commune pyrénéenne de 6 063 habitants ? Parce qu'il avait plutôt raté le premier déconfinement ?

Darmanin, Gérald. Après avoir réussi la retenue à la source, il n'a prouvé au ministère de l'Intérieur son efficacité qu'en arrivant en même temps que les pompiers et le Samu sur les lieux d'attentats. Il améliorera son omniprésence en troquant son bureau de la place Beauvau contre un camping-car.

DELFRAISSY, Jean-François. C'est à ce président du Conseil scientifique qu'on a le plus souvent tendu un micro. Sans qu'on discerne toujours s'il conseillait le chef de l'État ou s'il se ralliait à ses avis. En tout cas, après avoir été longtemps opposé à la vaccination obligatoire des soignants, il a fait soudainement machine arrière.

DUHAMEL, Alain. À quatre-vingts ans, il est le plus avisé de tous les politologues car il est aussi le seul à avoir arbitré à la télé la plupart des grands débats de la Ve République. Son neveu Benjamin est bien parti pour lui succéder.

DUPOND-MORETTI, Éric. Apprécié par les coupables qu'il a fait acquitter et par les journalistes pour une extrême disponibilité grâce à laquelle Emmanuel Macron n'a pas eu à patienter longtemps pour obtenir l'accord à sa proposition. Devenu garde des Sceaux, il soutient une réforme de la justice dont la principale nouveauté réside dans le remplacement de certaines cours d'assises par des cours criminelles. Or, quand il était encore avocat, il ne manquait pas une occasion de s'opposer à ce changement sous prétexte qu'il avait le tort d'éliminer les jurés populaires dans un pays où la justice se targue d'être rendue au nom du peuple français.

ESTROSI, Christian. Son vedettariat est sinueux qui l'a mené de la mairie de Nice à différents ministères puis à la présidence de la région Paca avant qu'il revienne sur la promenade des Anglais pour en interdire la circulation durant la troisième vague. Ses étiquettes politiques ont été variées, allant d'une franche opposition au soutien affirmé de la majorité présidentielle. On inscrira à son actif que cet ancien champion motocycliste a réussi à abaisser à 30 km/h la vitesse de la circulation urbaine dans la ville dont l'édile était responsable.

FONTANET, Arnaud. Le plus brillant et le plus jeune des épidémiologistes. Il s'est fait connaître en répondant clairement et sur un ton jamais péremptoire aux questions fumeuses des médias.

HIDALGO, Anne. Principale ennemie de la motorisation ambitionnant de prendre les commandes du char de l'État. Paradoxalement, de moins en moins de citadins peuvent la sentir alors que leur odorat est de plus en plus offensé par les mauvaises odeurs urbaines.

Le Drian, Jean-Yves. À l'aise sous tous les régimes et dans toutes les fonctions. Par vocation, spécialiste des affaires étrangères mais, par discrétion, étranger à toutes les autres affaires.

Le Maire, Bruno. À ce ministre des Finances qui n'économise pas ses apparitions médiatiques, on doit sinon la solution au remboursement de la dette publique, au moins la meilleure formule la justifiant : « Quand on compte les morts, on ne compte pas les milliards ! »

Le Pen, Marine. En dépit de sa dédiabolisation elle reste pour une majorité d'électeurs Satan en jupon.

Lisnard, David. Maire d'une ville moyenne par ailleurs capitale du cinéma, réélu avec le score record de 88 % des suffrages, il est devenu en quelques semaines une coqueluche des médias à laquelle on promettait un ministère régalien avant de l'installer à l'Élysée. Sans doute doit-il cette promotion accélérée à une éloquence naturelle, à une vaste culture mais aussi à un sens de l'organisation qui a fait de Cannes une cité modèle et un centre exemplaire de vaccinations. Déjà en 2015, c'est-à-dire quelques mois après sa première élection, David Lisnard avait fait face à de très dévastatrices inondations sans pour autant augmenter un peu plus tard les impôts locaux.

MACRON, Brigitte. Princesse consort. Elle a eu plus de chance que Gabrielle Russier qui, en 1969, avait dû se suicider après le tollé soulevé par ses amours avec un jeune élève.

MACRON, Emmanuel. Lointain successeur des quarante rois qui ont fait la France, il a détricoté le maillage de quelques-unes de ses plus louables avancées. (Voir chapitre précédent qui lui est entièrement consacré.)

MAURICETTE. Première Française vaccinée, cette obscure pensionnaire du service de gériatrie de l'hôpital de Sevran est entrée dans le florilège des héroïnes nationales à la suite de Jeanne d'Arc.

MÉLENCHON, Jean-Luc. On l'a laissé placer son parti sous le signe de l'insoumission alors que celle-ci constitue un délit sévèrement sanctionné par plusieurs mois de prison.

NDIAYE, Sibeth. Surtout appréciée pour un prénom prédestiné, elle a commenté courageusement, jusqu'à temps qu'on la renvoie à des études qu'elle n'avait pas dû terminer, des décisions gouvernementales qu'elle n'avait pas toujours comprises.

PARLY, Florence. Ministre de la Défense qui n'a jamais porté l'uniforme et qui a renoncé à la jupe pour mieux avoir le petit doigt sur la couture du pantalon.

PHILIPPE, Édouard. Ancien maire du premier port de France débarqué du navire amiral de la République pour être devenu plus populaire que son président en annonçant pourtant surtout les mauvaises nouvelles que, par peur d'écorner son image, son chef rechignait à communiquer. Conscient de ses limites, il a fait appel, pour l'aider dans la rédaction de ses mémoires, au conseiller qui, à l'hôtel Matignon, écrivait ses discours. Résistera peut-être à l'envie de jouer à Emmanuel Macron le mauvais tour que ce dernier avait fait à François Hollande.

RAOULT, Didier. Professeur de médecine qui a réussi à se faire plus gros que la sardine accusée de boucher le Vieux-Port de Marseille. Il a déclaré un jour sans rire qu'il y avait eu cent fois plus de morts dans la capitale que dans la cité phocéenne. On ne voyait que sa chevelure filasse et sa robe de vieille dame à la télé. Il a bénéficié pendant quelques semaines d'une célébrité mondiale. On a porté aux nues son hydroxychloroquine avant qu'elle soit interdite un peu partout. Hier, le président de la République se déplaçait pour le consulter. Aujourd'hui, il est dans le collimateur du Conseil de l'Ordre et a dû prendre sa retraite à 69 ans.

SALOMON *(famille)*. Jérôme, directeur général de la Santé ; Thomas, inspecteur de l'Action sanitaire dans la région Paca ; Patricia, directrice de l'Agence régionale de santé en Loire-Atlantique ; Rémi, président de la commission médicale d'établissements de l'Assistance publique – Hôpitaux de Paris.

SCHIAPPA, Marlène. Passée de l'égalité à la citoyenneté, elle a tenté de justifier son entrain : « Ce n'est pas parce qu'on est ministre qu'on est sinistre. » Difficile cependant de faire de l'humour et d'afficher sa gaieté quand on a en charge tant d'infortunes et d'insatisfactions. François Hollande y était si bien parvenu qu'on l'avait surnommé « Monsieur petites blagues ». Mais il est vrai qu'il n'avait jamais été ministre et qu'il n'a aucune chance de le devenir.

TAPIE, Bernard. Quatre cancers n'empêchent pas le détenteur de notre plus vive intelligence primaire de tenir encore périodiquement le haut du pavé médiatique. Et pas seulement avec des confidences émouvantes sur son calvaire personnel puisque, aux dernières régionales, il s'est porté au secours de Renaud Muselier.

VÉRAN, Olivier. A gardé son portefeuille alors que sous sa houlette on a dépassé 100 000 morts à l'hôpital. Polymusclé de la tête et du torse, ce médecin, qui a préféré soigner la France plutôt que ses patients s'est fait vacciner bien qu'il n'eût que quarante ans et que le chef de l'État ne fût plus contagieux.

VIDAL, Frédérique. Ministre de la Recherche pas aussi efficace qu'on était en droit de l'espérer puisqu'elle n'a pas su éviter les fiascos vaccinaux de l'Institut Pasteur et de Sanofi.

FIASCOS ET DÉCONVENUES

Devant cette série de catastrophes faisant douter de l'existence d'un dieu, tous les religieux se sont mis aux abonnés absents, alors que les fidèles de plus en plus mal-nommés étaient invités à prier chez eux.

Lorsqu'elle était garde des Sceaux, Nicole Belloubet a ordonné la libération de treize mille délinquants. Elle a ainsi assuré l'approvisionnement en faits divers de l'info en continu et obligé les honnêtes citoyens à rester enfermés chez eux entre deux déconfinements.

Dieu, peut-être responsable de ce grand gâchis, a été moins prié par peur de la contagion et en raison d'un très faible bilan : des milliards de morts depuis que le monde est monde et une seule résurrection !

Cinq causes à la pénurie de vaccins : la désindustrialisation française ; le trop faible financement de notre recherche scientifique ;

l'impréparation chronique ; la confiance (injustifiée) dans les institutions européennes ; le refus de toute surenchère face à des pays plus riches.

Le « quoi qu'il en coûte » aura été moins généreux qu'on l'a prétendu. Alors qu'on avait affirmé qu'on ne laisserait personne sur le bord de la route, de plus en plus d'infortunés se sont retrouvés dans les fossés qui la bordent. À savoir, dans le secteur le plus touché, celui du tourisme, les agents de voyage ; les constructeurs d'avions ; les compagnies aériennes ; la SNCF ; les croisiéristes. Dans les professions artistiques, les comédiens au chômage depuis plusieurs mois ; les cinéastes ne tournant un film que tous les deux ans ; les mimes contraints de porter le masque ; les chanteurs des rues ; les portraitistes de plein air ; les organisateurs de tournées ; les pianistes de bar ; les conférenciers sans auditoire ; les artificiers. Dans les petits métiers, les voituriers de palace ; les demoiselles du vestiaire des grands restaurants ; les rabatteurs de boîtes de nuit ; les petits cireurs de chaussures ; les démonstrateurs devant les grands magasins ; les vendeurs à la sauvette ; les tireuses de cartes ; les gagne-petit de l'immobilier ne possédant pas la carte professionnelle ; les forains ; les réparateurs d'auto-tamponneuses ; les marchands de barbe à papa. Catégories légalement défavorisées, les autoentrepreneurs ; les travailleurs indépendants ; les non-salariés ; les écrivains et les étudiants. Auxquels il faut ajouter les demandeurs d'aides dépourvus d'ordinateur ou trop timides.

La suppression du service militaire par le colonel de réserve Jacques Chirac explique sans doute en grande partie la progression de la délinquance juvénile. Le service civique n'est qu'un aimable substitut dont les missions vont de la reforestation de l'Amazonie à l'accompagnement des maraîchères sénégalaises (je n'invente rien).

L'épidémie, qu'à ses débuts on comparait à une petite grippe saisonnière, a déjà totalisé en France cent mille victimes. Comme s'il venait de découvrir l'étendue de la catastrophe, l'exécutif bredouille quelques phrases compassionnelles à la mémoire des citoyens qu'il n'a pas été capable de sauver. Après quoi, il se préoccupe d'un retour à la vie normale qui concernera par définition de moins en moins de survivants.

Le choix entre ceux qu'on essaiera de sauver et ceux qu'on laissera mourir tourne à la loterie. Mais il faut aussi compter avec le refus des familles de voir transférer les plus grands malades dans des hôpitaux éloignés et moins saturés. D'autres patients ne sont pas transportables. On est donc contraint d'annuler nombre de TGV médicalisés. Un ou deux hélicoptères par semaine suffiront.

Pourquoi ne pas sanctionner nos gouvernants incompétents et reconnus comme tels ? Le regretté Claude Chabrol préconisait de les fesser sur la place de la Concorde. Cul nu, lorsque les sondages électoraux leur promettaient une déculottée.

Ce serait beau qu'un jour un ministre qui a pris de mauvaises décisions ou qui n'en a pas pris du tout fasse son *mea culpa.* Ce gouvernant sans gouvernail, cet homme de pouvoir impuissant reconnaîtrait publiquement à la télé, à la radio mais aussi dans la rue : « Excusez-moi, mais ce que j'ai appris dans les grandes écoles ne s'applique pas à la conjoncture. J'ai conscience de n'avoir pas résolu les problèmes actuels. Aussi ai-je décidé de céder la place à meilleur que moi, à plus efficace que moi, à plus audacieux que moi. » Mais non… rien, les incapables sont toujours là et s'accrochent encore plus que les autres !

Le gouvernement se targue toujours de la vaccination de masse. Mais, depuis que le chef de l'État s'est inquiété des dangers de l'AstraZeneca, les vaccinodromes manquent parfois de clients. Au point que l'on envisagerait d'offrir aux pays émergents les millions de doses inutilisées si le temps nécessaire à la réflexion et à l'acheminement ne risquait pas de les rendre périmées.

Des centaines de petites culottes sont adressées à Jean Castex par des détaillantes administrativement fermées pour lesquelles la lingerie plus fine qu'un Premier ministre n'est pas un détail. Sans qu'on sache ce que l'État fera de ces dessous inutilisés.

Discordances s'agissant des lits de réanimation. Il y en avait théoriquement douze mille à la première vague. On assurait en haut lieu qu'on pourrait monter jusqu'à quatorze mille. Un an plus tard, on peine à dépasser les six mille. D'où le choix entre trois hypothèses : ou bien on a exagéré les chiffres de disponibilité ; ou bien on a supprimé des lits ; ou bien on a négligé d'anticiper les vagues suivantes.

Le 2 mai 2021, pas un mort dans la région Paca. Mais un grand blessé nommé Renaud Muselier depuis que Jean Castex lui a accordé son aide.

Comme on ne pose jamais la question, on ne sait toujours pas si les enfants rendus orphelins par des attentats deviendront des pupilles de la nation. Pires cas : lorsque le père ayant tué la mère, les pauvres petits se retrouvent doublement abandonnés.

Des dizaines de milliers de victimes de violences conjugales et mille bracelets anti-rapprochement dont trois cents seulement ont été distribués ! Pourtant, place Vendôme, ce ne sont pas les bijoutiers qui manquent...

Effondrement des monnaies cryptées. Le paradis des petits spéculateurs tourne à l'enfer. Sans doute, comme d'habitude, au profit des gros magouilleurs que sont les institutionnels et les États.

Après qu'un condamné pour violences conjugales a été autorisé à terminer sa peine au domicile de la femme qu'il devait finalement assassiner, on fait grief à la justice – une fois de plus – de laxisme. La justice se défend en signalant que la police ne lui a jamais transmis les plaintes déposées par l'épouse contre le mari. Comme quoi, en attendant la grande loi concoctée par Dupond-Moretti, il vaut mieux demeurer célibataire.

La chasse à l'homme est devenue presque aussi importante que celle des animaux. Mais Michel Fourniret, le tueur en série qu'on avait baptisé « l'ogre des Ardennes », pourra mourir en prison. Il faut compter trois cents chasseurs pour un chassé. Les autorités locales se chargent d'organiser le tableau de chasse constitué par les « assaillants » abattus sans procès.

La vie en couple constitue l'aventure la plus risquée des temps modernes. François Hollande en est sans doute l'un des principaux responsables, lui qui avait décrété, sans que cela le concernât personnellement, le mariage pour tous. Y compris pour ceux qui ne le supportent pas ou qui n'y sont pas préparés.

Au matin du 2 juin 2021, le porte-parole du gouvernement rappelle une fois de plus la mobilisation générale du pays. Manque de chance, le soir même, les numéros d'appels d'urgence tombent tous en panne, interdisant d'appeler au secours les pompiers, le Samu et les policiers.

L'inventeur de La République en marche souhaitait rétablir un contact avec les Français. Il a été exaucé. Quarante-sept ans après *La Gifle* de Claude Pinoteau, celle d'Emmanuel Macron a rallié en quelques minutes quinze millions de spectateurs. Un geste imbécile qui n'a pas suscité de remarques vraiment intelligentes mais qui a permis aux extrémistes et aux conformistes de tenir pour une fois le même langage. Comme si la dernière chance d'unité nationale dépendait de voies de fait ayant entraîné moins de cinq minutes d'incapacité de travail. S'il n'avait pas choisi d'être glabre, sans doute aurait-on tiré à Emmanuel Macron la barbiche, ainsi qu'on l'avait fait à Armand Fallières. Dommage que l'époque des « attentats pâtissiers » soit révolue. L'entartage, ou – pour les plus habiles – la projection sur une tête à claques connue d'un mélange de farine et d'œufs pas très frais, était moins brutal et plus drôle.

Pourquoi aucun décideur hétéro ne s'est encore préoccupé de savoir s'il n'y avait pas moins de conjoints battus ou assassinés dans les couples homosexuels ? Dans l'affirmative, ne faudrait-il pas supprimer la mixité dès l'école ? Mais surtout dans les transports en commun et dans les entreprises ?

Plus de 66 % d'abstention aux élections régionales et départementales. Une semaine plus tard, plus de 65 % d'abstention malgré les exhortations d'Emmanuel Macron à aller voter. Massivement, les jeunes ont oublié d'aller aux urnes. Comme s'ils préféraient les jeux vidéo que leur a offerts le président de la République.

Les Bleus auxquels on promettait le podium de l'Euro sont éliminés par la Suisse. Pour qu'ils retrouvent leur lustre passé il faut changer les joueurs, le sélectionneur ou les règles du jeu. En fait, on ne touchera à rien.

Les orages électoraux ont fait pleuvoir les vérités premières dans des tabliers qui ne sont plus uniquement rouges. Avec en tête la nécessité de sauvegarder une terre sous laquelle nous serons tous ensevelis.

Deuxième (je n'emploie pas le mot « seconde » parce qu'il y en aura d'autres) tribune des défenseurs de la patrie mécontents. Toujours la levée de boucliers contre le délitement de notre cher et vieux pays. Mais cette fois, ce sont des militaires d'active soucieux de leur anonymat qui se sont bien gardés de signer le manifeste.

Les Chinois installent leur nouvelle station orbitale à quelques milliers de kilomètres de la base internationale qui fonctionne déjà depuis dix ans. Les exégètes en déduisent un peu vite une vive concurrence entre les deux communautés. Comme s'il n'y avait pas dans le système solaire assez de place pour accueillir quelques centaines d'aventuriers.

Trois sur quatre des boîtes de nuit autorisées à rouvrir après quinze mois de chômage forcé garderont porte close. Pour cause de non-rentabilité et de difficulté à respecter le protocole imposé. Une reconversion s'imposera bientôt. On aura alors le choix entre logements sociaux et prisons.

La quatrième vague était possible en octobre, elle est effective début juillet. Un coup dur pour les prophètes de bonheurs.

Les autorités japonaises décident que les Jeux olympiques, manifestation la plus populaire de tous les temps doit se dérouler à huis clos, comme le procès des mineurs. Regrettable mais pas catastrophique car les télés du monde entier prendront le relais. D'ailleurs, le sport de haut niveau n'est-il pas une ascèse personnelle avant d'offrir un spectacle public ?

La fixation du déconfinement au 11 mai 2021 a été une grosse erreur. S'il était intervenu un mois plus tard, les restrictions n'auraient commencé qu'après les grandes vacances.

UNE SURVIE QUOTIDIENNE
DE PLUS EN PLUS LIBERTICIDE

Depuis plus d'un siècle, les interdictions se multiplient chez nous. Seul entracte en Mai 68 où l'on prônait l'« interdiction d'interdire ».

Certes, tout le monde n'a pas hélas ! survécu. Mais les privilégiés qui ont réussi à passer entre les gouttelettes ont dû accepter des mesures de plus en plus contraignantes. Comme si le droit de respirer normalement n'allait pas sans une oppression croissante.

Depuis plus d'un an la France a perdu ses dernières colonies. Les colonies de vacances. Les jeux vidéo remplacent les cinémas et les théâtres. Partout où deux contemporains risquent de se rencontrer, on installe des cloisons en plexiglas.

Que de papier gâché pendant des mois lorsqu'il fallait rédiger soi-même les attestations dont les policiers ne prenaient même plus connaissance !

L'obligation la plus gênante a résidé dans le port du masque incompatible avec le sport, l'amour et la notoriété. Ce masque dont le gouvernement a prétendu d'abord qu'il n'avait aucune utilité et qu'il a imposé ensuite jusque sur les plages.

Délaissant des répressions plus indispensables, la police et la justice traquent les impudents qui sont plus de six à table ou qui s'empiffrent dans des restaus clandestins. Un cuisinier suspecté de recevoir des convives connus et même un ministre tente de se disculper en alléguant qu'il régale un club d'amis chez lui mais en oubliant de signaler qu'à la fin d'un repas à la fois fin et copieux, il leur présente une note plus élevée que jamais. Un très talentueux chroniqueur politique, surpris la serviette autour du cou et la fourchette à la main, doit expliquer avoir cru qu'il s'agissait d'une invitation.

Les gastronomes se souviendront longtemps qu'avant de leur servir un lièvre à la royale, les maîtres d'hôtel exigeaient qu'ils calligraphient leurs coordonnées sur un registre qui n'avait rien d'un livre d'or.

L'interdiction de consommer de l'alcool sur la voie publique est à peine moins surveillée que la prohibition aux États-Unis qui assécha les gosiers entre 1920 et 1933. Comme les bars sont fermés, on boit à domicile un peu plus qu'avant comme en témoignent les recettes des rayons spécialisés dans la grande distribution.

La multiplication des précautions aboutit à ce que tous les plaisirs soient considérés comme des vices et à ce que les mamelles de la nouvelle sagesse aient pour noms solitude, continence, frugalité.

Difficile – pour ne pas dire impossible – de changer de province ou de pays. Les avions demeurent au sol et les bateaux de croisière à quai. Les trains sont rares. Le passage d'un lieu à un autre sans motif impérieux est répréhensible. Sur la route, des gendarmes arrêtent les automobilistes qui ont commis la faute de ne pas rester chez eux. Les frontières sont fermées. Afin de distraire les confinés, les chaînes de télévision diffusent de vieux documentaires vantant les agréments des paradis touristiques inaccessibles désormais.

Les brimades habituelles qui continuent irritent davantage, qu'il s'agisse d'un stationnement tandis qu'on consulte un médecin ou d'une courte promenade après l'heure du couvre-feu. Ce dernier, passé de 19 heures à 20 heures, puis à 21 heures, puis à 23 heures, fera dire aux futurs historiens qu'en l'an de disgrâce 2021, la France n'était pas gouvernée par le président Macron, mais par le commandant Couchetôt.

La famille a cessé de constituer le principal lien social. Les mariages sont reportés. Les enterrements se déroulent en catimini. On n'a même plus le droit d'aller visiter ses vieux parents dans un Ehpad. Éloignés de leurs entreprises, les télétravailleurs doivent partager la table de la cuisine, qui pour leurs tâches, qui pour leurs devoirs, avec les enfants privés de cours.

On recense de plus en plus de décrocheurs scolaires. Qu'importe puisque les diplômes seront délivrés automatiquement dans des pochettes-surprises aux étudiants sans universités.

Les premiers allègements ont souvent relevé du trompe-l'œil et de l'abuse-citoyen. Par exemple, quand La République en marche ne s'est plus souciée de justifier son appellation en faisant passer d'un kilomètre à cinq de son domicile la promenade durant le confinement.

Plus convaincant : grâce à la rébellion (médiatisée) de Florence Kammermann, courageuse boutiquière cannoise, les librairies sont enfin reconnues comme commerces essentiels. Plus facile de nourrir son esprit que de remplir son estomac.

Les lumières s'éteignent enfin dans les salles obscures, mais avec une distanciation qui séparerait les usagers de l'union libre si le législateur n'avait pas oublié la présentation d'un certificat de mariage avant d'être placés côte à côte.

On commence à alléger. Au début et en attendant mieux, on récupère le droit de sortir de chez soi à plus de 10 kilomètres en conservant l'obligation de rentrer à 19 heures. Plus besoin de prétendre qu'on promène Médor ou qu'on va porter une soupière de potage à une très vieille dame.

Peu à peu s'organise le retour à la vie normale : baiser sur le front plutôt que salut à la japonaise ; poignée de main entre deux aspersions de gel hydroalcoolique ; dîners hors de chez soi mais à condition qu'ils se situent sur une terrasse ; réapparition de l'événementiel (mais la moitié des traiteurs ont déjà fait faillite) ; reprise du covoiturage sans angoisse de la contagion ; distanciation physique annulée dans les trains et dans les avions ; résurgence des anniversaires, toutefois rendus moins nombreux par la diminution de la durée de vie consécutive à la pandémie. Les théâtres demeurent portes closes car ils se risquent rarement à jouer l'été. La roulette se remet à tourner dans les casinos mais attire peu de joueurs car le ballon rond concurrence quotidiennement la petite bille d'ivoire.

Les prophètes de malheur sont priés de faire preuve d'optimisme jusqu'à ce que le 3 juillet 2021 le ministre de la Santé change de ton pour prédire une probable quatrième vague, non pas en septembre ou plus tard comme on le redoutait, mais à la fin du mois en cours.

Le chef de l'État enfonce plus profondément le clou en formulant l'indispensabilité des vaccins. Avec un résultat certes inférieur aux sondages d'audience mais qui, en quelques heures, fait monter jusqu'à 1,7 million les demandes de rendez-vous.

Bref, en éliminant pour l'instant le retour au confinement et au couvre-feu, on donne l'impression d'avoir tout essayé. Ce qui ne laisse pas d'angoisser pour la cinquième vague…

INCOHÉRENCES ET CONTRADICTIONS

Si notre époque paraît aussi désordonnée à la base et les décisions prises au sommet si contradictoires, cela tient sans doute à la multiplicité et à la différence des temps. Temps politique compris entre deux scrutins ; temps policier parfois instantané ; temps judiciaire qui peut durer plusieurs années quand il ne s'agit pas d'éliminer un candidat gênant ; temps de circulation : 30 kilomètres/heure dans les agglomérations ; temps viral : une demi-seconde pour une contagion, deux ans pour une pandémie ; temps vaccinal : des années pour la recherche, huit mois pour l'autorisation, cinq secondes pour la piqûre ; temps fiscal : désormais pas plus d'un mois ; temps matrimonial : quelques mois entre deux divorces.

En haut lieu, on a beaucoup divagué sur les méthodes que les malades pouvaient opposer à la pandémie. Bolsonaro a préconisé le jeûne prolongé et Donald Trump l'ingurgitation d'eau de Javel.

D'abord négationniste viral, Boris Johnson faillit y passer. Quand il fut rétabli, malgré une immunisation de la moitié des citoyens et bien que la reine Elizabeth ne fût plus, comme Victoria, impératrice des Indes, le variant venu de New Delhi devait l'obliger à reporter d'un mois le déconfinement annoncé.

Vingt personnes sont autorisées à suivre un enterrement, mais on limite à six le nombre des convives au repas qui suivra.

Si la nuit porte conseil, la pandémie aussi. Le mercredi matin, les Conseils, scientifique ou de défense, raccourcissent le Conseil des ministres où l'on ne décide plus rien.

Pourquoi, alors que les hôpitaux sont saturés, ne fait-on pas appel aux cliniques privées qui sont demandeuses ?

Bien qu'en droit français les aveux constituent une circonstance atténuante, jamais les hommes qui ont tué leur femme n'ont nié aussi longtemps leur crime.

Macron avait assuré qu'il ne ferait pas de déconfinement tant qu'il n'y aurait pas moins de cinq mille cas nouveaux chaque jour. Six mois plus tard, il déconfine alors qu'il y a vingt mille cas quotidiens.

Attribué aux prioritaires et aux débrouillards, le passeport vaccinal risque d'aggraver ces inégalités des chances que condamnent ceux qui en ont beaucoup profité.

Les morts en ville, c'est-à-dire décédés chez eux, n'entrent dans aucune statistique, comme s'ils n'avaient jamais existé.

Sans doute des députés analphabètes se seraient-ils montrés plus avisés. Au moment où on dépassait quatre-vingt mille morts l'Assemblée nationale consacrait plusieurs séances à l'écriture inclusive.

Le souvenir le plus émouvant : pendant la grande débâcle sanitaire du premier confinement, trois Français sur quatre se mettaient à leur fenêtre tous les soirs à 20 heures pour applaudir les soignants. Aujourd'hui, on leur offre le vaccin qu'ils estiment le moins efficace et on a oublié d'augmenter significativement leur salaire.

Le variant anglais commence à infecter la France. Aucune protestation adressée à la reine Elizabeth car on la suppose au chevet de son mari mourant.

Les joueurs de rugby ne se passent plus la balle mais le virus. Les stades demeurent vides. Mais les journalistes spécialisés continuent à jaspiner interminablement.

Un rayon de dix kilomètres imposé pour la promenade des bipèdes et d'un kilomètre seulement pour les animaux de compagnie qui ont pourtant le double de pattes.

On estime l'importance de l'augmentation de notre dette publique depuis un an et demi à hauteur de deux cents « Charles-de-Gaulle ». Sans qu'on ait pour autant annulé la commande du nouveau porte-avions qui sera lancé en 2038 et dont on ignore de quel nom prestigieux il sera baptisé.

Réapparition des « clandés ». Ce ne sont plus des lieux de tolérance mais des endroits intolérants où l'on propose de vrais repas plutôt que des simulacres de la reproduction. Autre différence, ce n'est plus l'absence d'un préservatif que l'on incrimine, mais celle du masque.

Anne Hidalgo avait neutralisé les voies sur berges parisiennes pour faire baisser la pollution. Or, le flux des voitures s'étant rapproché des immeubles, la nuisance a augmenté de 40 % pour les riverains.

La France attendra soixante-sept ans pour rembourser complètement ses 2 650 milliards d'euros de dette publique alors que l'Allemagne aura tout effacé en neuf ans. Comme quoi, il vaut mieux perdre une guerre que la gagner.

Des grossiums soupçonnés de bâfrer dans des restaurants clandestins. On les interroge en vain. Aucun ne consent à se mettre à table.

Le test nasal est désormais le plus utilisé alors que la prohibition du coton-tige n'est toujours pas levée.

Une semaine avant de décider de claquemurer 18 millions de Français, Macron déclarait : « Tant qu'il y aura des doses au frigo, je me refuserai à confiner. »

Le dimanche, Jean Castex réaffirme sa confiance dans l'AstraZeneca. Le lundi, Emmanuel Macron suspend toute vaccination de ce type. Le mardi, le ministre de la Santé réaffirme son innocuité. À partir de quoi et malgré le feu vert européen, neuf Français sur dix opposeront leur Brexit au médicament britannique.

La fermeture des restaurants n'a été précédée d'aucune étude sérieuse prouvant leur contagiosité. Les ministres ne l'ignoraient pas, puisqu'ils avaient conservé l'usage de leur cuisine et de leur salle à manger.

Fallait-il confirmer encore la réforme des indemnités de chômage au moment où le chômage partiel garantissait toujours 100 % de leur salaire à certains sinistrés de la crise économico-sanitaire ? D'autant que, depuis un an, ils s'étaient habitués à vivre des aides de l'État.

Les services de réanimation étant débordés, l'armée monte dans le Grand Est un hôpital de campagne. Huit jours pour installer quatre lits qu'on remballera quelques heures plus tard.

La loi sur l'euthanasie est discutée mais pas votée. Mais était-ce vraiment le moment pour commencer à en débattre ? Et si le texte avait été adopté, aurait-il fallu interrompre la moitié des réanimations sous prétexte qu'elles prolongeaient les souffrances d'une vie ne valant plus autant d'être vécue ?

L'exécutif décide que l'administration doit concevoir un tout autre texte que celui des « attestations » officialisées la veille et que les policiers eux-mêmes avaient estimés incompréhensibles. Sans qu'aucun responsable ne soit mis à la retraite d'office.

Pas d'hébergement contrôlable imposé aux infectés et aux cas contact assignés à quarantaine alors que la plupart des hôtels sont fermés et disponibles.

Plutôt que de participer au symposium des partis de gauche, Mélenchon préfère se rendre en Amérique latine où le virus est réputé plus contagieux que ses idées.

On conseille aux Français d'aller chercher la survie à l'extérieur avant de reconnaître quelques jours plus tard que les aérosols porteurs de virus ont une durée de contagion beaucoup plus longue que ce qu'on avait affirmé précédemment.

De plus en plus d'alpinistes emportés par les avalanches. Les préfets recommandent la prudence mais ne formulent aucune interdiction.

En 1969, l'État investit 8 milliards dans le Concorde. En 2021, l'État débourse 60 millions pour la réparation des vieux vélos.

Pendant le confinement, on invite des amateurs à regarder des œuvres d'art situées à dix kilomètres de chez eux. Avec des jumelles ?

Avril 2021. Castex annonce que les restaurants pourraient rouvrir à la mi-mai mais maintient le couvre-feu rendant tout dîner impossible. Les infortunés ne sont donc pas sortis de l'auberge. Tout ce qu'on promet de leur accorder sans formuler encore de date précise ne débouche pas sur la rentabilité.

Campagne pour les régionales avec en filigrane l'obligation de voter à droite pour neutraliser l'extrême droite.

Comme Hubert Falco, le maire de Toulon, Christian Estrosi, le maire de Nice, quitte sa famille politique. On s'étonnera quelques jours plus tard que les électeurs aient de la peine à suivre les élus.

Au lieu d'essayer de résoudre les gravissimes problèmes de la justice, le garde des Sceaux s'en va faire campagne dans les Hauts-de-France sans plus de résultat à Dunkerque que place Vendôme.

Pas simples, ces élections régionales. Deux votes jumelés ; le choix entre une dizaine de bulletins à dispatcher dans deux urnes différentes ; des enveloppes comme d'habitude trop petites (il faut plier le bulletin en huit et cela ne raccourcit pas le temps du dépouillement) ; deux registres à signer. Il manque des électeurs mais aussi des assesseurs. À telle enseigne que certains bureaux de Marseille demeurent fermés. Même le rituel démocratique s'est affaissé : les rares électeurs à faire encore leur devoir civique ne sont plus salués par le sacramentel « a voté ! ».

Au lendemain de ce scrutin, le ministre est convoqué une fois de plus par les parlementaires à propos de la non-distribution, dans quelques départements, des documentations permettant de mieux connaître le cursus de certains candidats. Mais n'était-ce pas une chance pour ces derniers que l'on ignore les sinuosités de leur parcours ?

Les départementales sont encore les moins gâtées. Aucun renseignement. Ni sur les attributions ni sur les compétences ni sur les relations avec la région ni même sur l'identité des candidats. On ne nous rappelle même pas que le conseil départemental a dû remplacer le conseil général.

Les grands essais de contamination qui devaient précéder la réouverture des boîtes de nuit sont décommandés. Il n'y avait pas assez de cobayes à la fois noctambules et vaccinés.

Réanimation de quelques discothèques après quinze mois de coma artificiel. Si la jauge a été étendue et si le masque n'est plus obligatoire, le pass sanitaire va restreindre drastiquement la fréquentation puisqu'on estime à 6 % seulement le nombre des danseurs vaccinés. Une série de protocoles imposés par des technocrates qui ont l'air d'ignorer que le joue contre joue y est remplacé par le chacun pour soi et qu'on y échange moins de baisers que de numéros de portable. Pas question enfin de verser un pleur sur le chômage des musiciens puisque toutes les musiques sont de la conserve et qu'il n'y a plus d'orchestre. Dieu merci, rien n'empêchera les nostalgiques du tango argentin de faire danser grand-mère sur le parquet de la salle à manger.

Jusqu'à présent on citait le Portugal comme un modèle de réussite sanitaire. Patatras ! au moment où tous les Européens retrouvent une vie presque normale, on reconfine Lisbonne pendant les week-ends.

Au nom de la légitime défense, on a ressuscité la peine de mort, mais en épargnant au condamné l'incarcération et la longue attente du procès puisque l'exécution est désormais immédiate. La mise en bière est plus rapide que la mise en examen.

Quarantième Fête de la musique. Jack Lang l'avait inventée tout de suite après l'élection de François Mitterrand. Avec un double bémol cette année. L'interdiction de rassemblements de plus de dix personnes a sonné le glas des orchestres symphoniques et conduit à substituer aux pétales de rose des grenades lacrymogènes.

Pour les régionales, Nicolas Sarkozy soutient le républicain macroniste Renaud Muselier en renvoyant dans les cordes l'actuel lepéniste Thierry Mariani qui fut, voilà une dizaine d'années et sous une autre étiquette, son ministre des Transports.

Entre deux matchs les Bleus sont qualifiés automatiquement, sans qu'on prenne le risque de remplir les stades et de déplacer des foules avant de rencontrer le Portugal en Hongrie. Au grand regret des supporters ayant confondu Budapest et Bucarest.

Pour soutenir Macron, l'animateur d'un réseau social propose que tous les Français se giflent eux-mêmes chaque soir à 20 heures. À quoi sert qu'après la Libération Marthe Richard, l'ancienne espionne élue conseillère de Paris, ait supprimé les claques ?

Éric Dupond-Moretti accuse Gérald Darmanin de trahison car, après un premier tour n'ayant pas permis à La République en marche d'atteindre 10 % des suffrages, il a adressé ses félicitations à l'adversaire grand gagnant, Xavier Bertrand, dont il avait été le directeur de campagne au scrutin précédent.

Un bac sinistré par le virus et la bienveillance. L'appellation pompeuse de « grand oral » ne garantit pas que le diplôme de fin d'études secondaires ne sera pas recalé à brève échéance.

Premier couac : toutes les convocations à l'examen ne sont pas parvenues aux destinataires. Comme si le ministère de l'Éducation nationale avait fait appel à la même société défaillante que le ministère de l'Intérieur.

Jamais les jeunes qui ont de moins en moins les pieds sur terre n'ont été aussi nombreux à souhaiter devenir astronautes. Il faudrait donc ouvrir à leur intention des bureaux de vote en apesanteur.

Les mariages ont repris à la grande satisfaction des traiteurs. Mais pas le droit de danser devant le buffet.

La France s'inquiète du taux d'incidence à partir de 400. L'Allemagne à partir de 100. Mais là où l'on est passé sous le seuil de 50, le masque est toujours obligatoire.

La France est à la fois le pays le plus répressif d'Europe contre la drogue et le pays où l'on fume le plus de cannabis récréatif. En attendant une dépénalisation qui donnera du travail aux pompes funèbres et aux carrossiers.

Le gouvernement débloque quelques maigres crédits à l'intention des forces de l'ordre, mais pas assez pour leur offrir des gilets pare-balles les protégeant durant leurs interventions.

Réouverture des restaurants, mais pas pour le dîner. Réouverture des cinémas mais l'après-midi seulement. Réouverture des parcs d'attractions mais sans attractions. Réouverture des remontées mécaniques mais sans neige.

Au lendemain du jour où, en marge de la célébration du deuxième centenaire de la disparition de Napoléon, on avait rendu hommage à sa création des préfets, Macron décide la suppression de ce poste et de cette appellation. Les préfets disparaissent mais, assure-t-on, les préfectures demeureront. De quoi rassurer les non-cartésiens.

Le 10 mai 2021 on célèbre le quarantième anniversaire de l'élection de François Mitterrand. Il faut croire que les commentateurs sont très jeunes car ils présentent l'ancien maire de Château-Chinon comme le premier tribun socialiste à s'être installé à l'Élysée en oubliant complètement que Vincent Auriol était devenu chef de l'État en 1947 avec la même étiquette. Il est vrai que l'élection se faisait alors au Congrès et pas à la télévision. Heureusement pour Auriol qui avait un accent rocailleux et dont un chansonnier irrespectueux avait pu dire que son œil gauche coulait comme un camembert au mois d'août.

Ambiguïtés de Gérald Darmanin : quand le ministre de l'Intérieur n'ordonne pas de gazer des manifestants, il les rejoint devant l'Assemblée nationale. Le lendemain, le Conseil constitutionnel retoque le fameux article 24 de la loi globale assurant aux policiers la protection de leur famille et de leur vie privée.

Réintégré chez les Bleus, Karim Benzema remercie Allah plutôt que Didier Deschamps. Confirmation qu'il vaut mieux s'adresser au bon Dieu qu'à ses saints.

La coïncidence de la réouverture des terrasses non abritées et d'une prolongation de la saison des pluies atteste sinon la séparation des pouvoirs au moins celle de l'exécutif et de la météo nationale.

Ayant inscrit la relance des trains de nuit sur la liste des priorités nationales, Jean Castex se rend en wagon-lit à Nice où il n'a rien à faire, puisque Christian Estrosi est déjà devenu son plus sûr soutien. Pis, alors qu'il ne contrôle rien, il remplace le préposé au micro du convoi. Pour regagner Paris il utilise un Falcon privé. Mais toujours aux frais du contribuable.

À la Pentecôte 2021, le gouvernement soutient que les trois quarts de la population seront vaccinés à la mi-août. Les épidémiologistes, eux, affirment qu'au rythme où vont les vaccinations il faudra attendre fin novembre et que l'immunité collective ne sera pas atteinte avec 70 % des citoyens mais avec 80 à 90 % d'entre eux.

Carlos Ghosn, l'ancien patron de Renault, réfugié au Liban après avoir réussi à échapper à la justice japonaise, est maintenant l'objet d'un mandat d'arrêt international et n'est donc plus autorisé à quitter son pays d'accueil. De ce fait, la France doit déléguer deux juges d'instruction à Beyrouth à propos de détournements de fonds publics qui lui sont reprochés. Un énorme préjudice de 100 000 euros correspondant à la gratuité de deux soirées privées organisées au château de Versailles à l'occasion de son remariage. Dans le meilleur des cas nous devrions donc récupérer quelque 20 000 euros, mais en privant la justice pendant plusieurs jours de la compétence de deux magistrats.

Le couchage de l'hôtel Matignon doit laisser à désirer car une nuit Jean Castex dort dans le train qui va à Nice et une autre dans le porte-avions *Charles de Gaulle* qui a regagné Toulon. Manque encore le camping-car et le village d'étoiles.

Renonçant pour une fois à la démagogie, Macron laisse entrevoir que la prochaine réforme des retraites obligera sans doute à travailler jusqu'à soixante-quatre ans. Sans doute aurait-il dû consulter Marine Le Pen qui, elle, estime qu'il est possible de descendre à soixante ans.

Selon le président de la République, il serait souhaitable que le garde des Sceaux rende compte chaque année devant le Parlement de la politique judiciaire du gouvernement. Plutôt une confirmation qu'une innovation car cette intervention périodique est prévue depuis 1957 par l'article 30 du Code de procédure pénale.

Au sujet de la sensibilité virale des enfants et des ados, on a tout dit en treize mois. Que le corona ne les concernait pas. Que, s'ils étaient infectés, ils n'étaient pas contagieux. Qu'il n'était pas question de les vacciner pour autant. Avant de décréter qu'ils étaient justiciables de deux injections à partir de douze ans bien que chez eux les cas graves soient rarissimes. Prochaine étape : du Pfizer dans le biberon des nouveau-nés ?

Dans l'histoire des revirements opportunistes, Bruno Le Maire demeurera d'abord comme le candidat à la présidence ayant accepté de devenir l'un des principaux ministres de celui que les électeurs lui avaient préféré. Ensuite, en qualité de responsable en chef de l'économie, il a déclaré à six mois d'intervalle que la situation était pire que celle du krach de 1929, puis que nous allions nous relever en quelques mois avec une croissance inégalée.

Anne Sinclair lave son linge sale conjugal dans les librairies. Révélation négative : l'ex-épouse de Dominique Strauss-Kahn ne s'était jamais doutée que l'homme qu'elle avait, avant d'en divorcer, assuré « aimer comme au premier jour », accumulait encore plus les bonnes fortunes que les emprunts d'État.

On ne sera pleinement rassuré sur l'intelligence des plus mauvais ministres que le jour où ils cesseront de louer un discernement présidentiel démenti par leur maintien au gouvernement.

Macron giflé par la main d'un quidam auquel il tendait la sienne. Il s'ensuit une comparution presque immédiate pour le coupable d'« agression envers personne dépositaire de l'autorité publique ». Modeste euphémisme s'agissant d'un chef de l'État doublé d'un chef des armées.

Plus que de l'avenir de notre cher et vieux pays, on préfère disserter du présent sportif : « à vous, Roland Garros ! » ; « bienvenue à l'Euro ! ». Comme s'il n'y avait rien de plus important que la petite balle de celluloïd et le gros ballon de cuir.

Les discothèques toujours fermées, les clubs libertins rouverts. À croire que la nudité complète protège mieux que le blazer.

Il aura fallu attendre juin 2021 pour qu'il soit question de renvoyer dans leur pays natal les étrangers en situation irrégulière et ayant commis chez nous des actes de délinquance graves. Ce qui ne veut pas dire qu'ils retrouveront un jour effectivement les villages où ils ont vu le jour si leurs anciens gouvernants ne sont pas d'accord pour leur retour.

Cinquante degrés à l'ombre dans la région de Vancouver. C'est catastrophique pour les autochtones. C'est bon pour les écolos qui peuvent remplacer leurs discours par un thermomètre.

Pourquoi le politologue Éric Zemmour veut-il se lancer en politique ? Par lassitude de parler des autres et par envie de faire parler de soi ? Pourquoi, au lendemain des régionales et de l'échec des Bleus, les confrères de Zemmour accordent-ils 30 % des rubriques électoralistes à un candidat potentiel qui ne dépassera pas 5 % d'intentions de vote ? Sans doute le plaisir de voir disparaître la concurrence que leur faisait un commentateur parfois plus brillant qu'eux explique-t-il leur intérêt. Mais il faut aussi tenir compte de la satisfaction qu'ils éprouveront à voir s'écrouler un théoricien qui n'était jamais passé à la pratique. Pour l'heure, les ambitions saugrenues et le soutien hypothétique renvoient à la formule du lexicologue Aristide Quillet : « La critique est aisée mais l'art est difficile. »

La Cour de cassation confirme les fraudes fiscales imputées aux époux Balkany mais annule les peines déjà prononcées pour leur optimisation illégale. D'où un nouveau procès et sans doute ensuite un nouveau pourvoi en cassation.

Toujours la justice mais qui, cette fois, s'en prend à sa propre tutelle. Place Vendôme on n'avait jamais vu ça : le bureau du garde des Sceaux perquisitionné pendant quinze heures par des gendarmes et des enquêteurs de la Haute Cour de justice après plaintes de trois syndicats de magistrats pour conflits d'intérêts. En fait, conflit d'Éric Dupond-Moretti avec la fine fleur des tribunaux qu'il avait dans le passé très souvent épinglée et qui aujourd'hui soupçonne son ministre d'être intervenu dans des dossiers qu'il avait eu à connaître lorsqu'il était encore avocat.

L'état civil s'est montré très avisé de doter M. Dupond-Moretti d'un double patronyme. Encore aurait-il fallu qu'il n'utilise pas les deux en même temps. Ainsi, comme avocat, Me Dupond se serait-il glorifié de faire acquitter des coupables, tandis que comme ministre de la Justice, M. Moretti aurait surtout œuvré en faveur des innocents.

Tandis qu'on évalue à hauteur de quinze mille les hébergements carcéraux, un collaborateur du président propose de faire payer un loyer aux détenus qui, pour la plupart, préfèreraient être dehors !

Argument massue contre l'automaticité de certaines sanctions : la Constitution exige l'individualisation des peines. Quitte à ce qu'on accorde plus d'importance au passé des délinquants qu'au futur de la famille des victimes.

Au début de juillet, Olivier Véran, qui n'avait applaudi que du bout des doigts le déconfinement fixé par Emmanuel Macron, annonce que la quatrième vague pourrait commencer dans trois semaines, c'est-à-dire avant la grande ruée vacancière du mois d'août.

L'obligation de vaccination refait surface. Mais au lieu de ne concerner que les soignants, on envisage de l'appliquer également à tous les Français de plus de douze ans.

La fermeture de certains commerces aura fait progresser notre connaissance du corps humain. Le fait que les pédicures avaient le droit de travailler alors que les manucures étaient interdites de soins atteste définitivement que le pied est plus important que la main.

L'Europe attaque pour défaut de livraison les laboratoires fabriquant l'AstraZeneca que la plupart des candidats au vaccin refusent.

Projet du pass sanitaire examiné à l'Assemblée nationale. La deuxième lecture portant conseil, les députés finiront par adopter une mesure qui sera sans doute un jour planétaire.

Voilà quelques mois, Macron affirmait : « Le vaccin ne sera jamais obligatoire. » Aujourd'hui, il fait chorus avec les partisans d'une mesure autoritaire.

Quand il était avocat, Dupond-Moretti pouvait dire tout ce qu'il voulait sur les magistrats. Devenu leur ministre de tutelle, il est contraint de garder le silence et menacé par la justice de devoir démissionner un an après avoir été installé place Vendôme à la surprise générale. Et peut-être la sienne.

Tandis que la contagion reprend à Londres et dans les grandes villes, le variant indien brave le Brexit et déferle sur l'Europe. Or c'est le moment que choisit le Premier ministre de Sa Très Gracieuse Majesté pour lever la totalité des interdictions à l'exception d'une distanciation de un mètre entre les passagers du transport aérien. Au moins au sol…

Un État sud-américain coupe le téléphone aux antivax et organise une loterie au bénéfice des citoyens qui acceptent les injections. Comme si la durée de la vie ne dépendait pas déjà du hasard.

Des milliers de classes fermées, un enseignement distancié, des décrochages en hausse, des universités désertées, des retards dans la correction des copies et pourtant, on n'a jamais enregistré autant de réussites au bac. Confirmation que la bienveillance des examinateurs est supérieure au mal-être des examinés.

Après avoir pendant des années exhorté les habitants de la capitale à abandonner leurs quatre-roues, Anne Hidalgo a décidé de faire payer le stationnement aux motos et aux scooters. Décrétera-t-elle la piétonisation du faubourg Saint-Honoré lorsqu'elle habitera l'Élysée ?

Avec un joli mouvement de menton, le nouveau président de la SNCF avait annoncé des tarifs plus sociaux ne dépassant pas 39 euros. Généreuse initiative. Sauf qu'il n'a pas dû mettre au courant ses guichetiers qui continuent à proposer des billets de plus en plus chers et coûtant parfois davantage que ceux des compagnies aériennes.

À des jeunes gens qui ne savent pas si dans quelques semaines ils ne seront pas rattrapés par le méchant virus et si dans quelques mois ils auront trouvé du travail, on demande – sous prétexte d'un bac de philo – s'ils se sentent responsables de l'avenir.

Lors de la première étape du Tour de France, une chute collective provoquée par l'irruption sur la route d'une brave dame portant un panneau dont on ne comprendra pas le libellé a entraîné dans le peloton plusieurs dizaines de fractures et d'abandons. Rappel que l'équilibre est plus difficile à conserver sur deux roues que sur quatre.

Le débit des précipitations s'est accéléré autant que celui de la parole. Ainsi décrit-on de plus en plus rapidement des phénomènes thermiques de plus en plus inquiétants.

Il paraît que la France n'a jamais été aussi attractive pour les investisseurs étrangers. À croire que la douceur de vivre fait oublier la dureté des temps, que le climat est moins détérioré qu'ailleurs, que jusqu'à présent l'optimisation fiscale rendait supportable le record d'imposition et que nos femmes sont toujours aussi belles quand on n'abrège pas leur existence.

Pour des raisons qu'on suppose être l'abaissement des paupières inhérent à la somnolence, l'usage du téléphone, l'intérêt pour l'écran de bord, la conversation avec les passagers et la phobie des obstacles, un quart des conducteurs (poids lourds compris) ne regardent pas la route ! À quand l'obligation faite aux auteurs de tout accident grave d'abandonner le volant au robot d'une voiture autonome ?

On a soutenu presque unanimement pendant des mois que la chaleur décourageait le virus. Hélas ! en Espagne où le thermomètre est monté jusqu'à 50 degrés, l'infection n'est pas descendue. Au contraire.

Deux milliardaires se lancent dans la conquête touristique de l'espace. Mais on parle plus du Tour de France que de leur tour de la Terre et du poids de la dette que de leur apesanteur.

Vacciner toute la population à partir de douze ans serait une décision sanitaire ; vacciner seulement les soignants est une décision politique.

12 juillet 2021. Sans doute la date la plus importante depuis longtemps et pour longtemps. Changement brutal de discours. Il y a encore quelques heures, c'était « ça va mieux ». Désormais, c'est « ça va plus mal ». Pas question de vaccin obligatoire généralisé mais d'expulsion de la communauté si l'on n'est pas vacciné. Ce qui revient au même.

Les aoûtiens, c'est-à-dire le plus grand nombre des vacanciers, davantage pénalisés que les juilletistes. Combien d'entre eux devront-ils renoncer à leurs voyages, à leurs réservations ? Auront-ils droit à un congé de rattrapage dans quelques mois ?

Le temps médical n'est pas le temps gouvernemental. Il faudra attendre au moins cinq semaines pour que la plupart des Français satisfassent aux nouveaux impératifs sanitaires. Mais d'ici là, personne ne peut prévoir quel sera le nombre des contagions et des contraventions.

On continue à parler du retour à la vie normale en oubliant – ou en cachant – qu'elle ne le sera jamais plus puisque, après la pandémie, le spectre viral continuera à planer pendant plusieurs décennies.

Gérald Darmanin ignore vraiment la rancune. Après avoir déjeuné avec son collègue de la Justice qui l'avait accusé de trahison, il a autorisé les feux d'artifice, défavorables à la distanciation et dont les mortiers ont souvent servi à agresser ses policiers.

Au défilé du 14 Juillet, deux chevaux de la garde républicaine tombent devant la tribune où se tient Macron. Remis sur leurs sabots, les destriers seront encore là l'année prochaine. Peut-être pas le président.

Feux d'artifice à Paris, à Marseille, à Cannes entre autres. Très beau spectacle sans distanciation possible. Avec un regret : en dépit des avancées technologiques, la belle bleue et la belle rouge ne restent pas accrochées au ciel plus longtemps que voilà vingt ans.

Qui a donné au président l'étrange idée de transformer les cuisiniers en policiers ? Peut-être le fait que les policiers « cuisinent » les suspects.

À peine réinstallés derrière leurs fourneaux, les restaurateurs sont donc invités à les quitter pour contrôler la santé des convives plutôt que la cuisson de leurs plats. Les futurs fautifs ignorent encore combien il leur faudra sauvegarder de couverts pour payer des amendes de 45 000 euros et qui tiendra leur établissement durant un an lorsqu'ils seront en prison.

Si les étoilés et les bistrotiers décident de se croiser de nouveau les bras, les ennemis du changement, eux, se réjouiront de pouvoir se sustenter chez eux, en famille, à moindre coût et dans le plus simple appareil (à condition de fermer leurs fenêtres).

Il faut croire que les antivax crient plus fort leur colère que les vaccinés leur soulagement puisque, tout de suite après s'être félicités d'un million sept cent mille demandes de rendez-vous enregistrées après l'allocution présidentielle, on a plus longuement parlé des quelque cent mille manifestants ayant protesté contre « la dictature sanitaire ».

La contrainte – moitié formulée, moitié sous-entendue – fait, comme le virus, de plus en plus de vagues. On s'insurge contre de nouvelles obligations envisagées pour les enfants en bas âge, en oubliant que ceux-ci devaient déjà être vaccinés onze fois avant de fréquenter la maternelle.

Au lendemain du 14 Juillet où il avait fait le tour des Champs-Élysées avec le chef d'état-major des armées, Macron suit le Tour de France dans la voiture du directeur de la course. Et demain, une ronde de nuit chez les drogués du quartier Stalingrad dans un car de police ?

Au lieu d'inspirer une levée des brevets, les vaccins ont suscité une levée de boucliers. L'OMS rappelle qu'il faut « convaincre et non contraindre » tandis que les opposants accusent : « un homme auquel on donne des pouvoirs a toujours tendance à en abuser ».

Les deux armes les plus redoutables de la nature, en colère elle aussi, sont l'eau et le feu. Hélas ! séparément et dans des zones différentes. Autrement, les inondations élimineraient les incendies.

Après huit mois de fermeture – du jamais vu ! – la tour Eiffel reprend du service mais à mi-jauge seulement. Mondialement admirée aujourd'hui, elle n'avait pas dans le passé rallié tous les suffrages. Après l'Exposition universelle on envisagea de la démolir. Elle fut sauvée par des militaires ayant assuré qu'elle était indispensable à leurs communications. Jules Renard fut l'un de ses principaux contempteurs. Ne supportant pas sa laideur, il y déjeunait tous les jours au premier étage afin de ne pas la voir.

Commentant les ennuis de son garde des Sceaux, Macron regrette que les perquisitions soient annoncées avant d'avoir lieu. Sans préciser si c'est pour assurer la confidentialité de l'intervention ou pour ne pas inciter le perquisitionné à se débarrasser de documents compromettants.

Palmarès du Festival de Cannes, arrivée du Tour de France. Le virus redevient la seule vedette.

Il ne faut plus chercher les malhonnêtes parmi les pauvres qui le sont restés, mais parmi les riches qui veulent être de plus en plus riches.

Les ministres de la Justice ne sont pas à l'abri de la délinquance. Au début du quinquennat, François Bayrou avait dû démissionner pour une mise en examen. Éric Dupond-Moretti avait été l'objet du même type de poursuites, avant que Rachida Dati ne réponde d'une accusation de corruption passive.

Nouveau dispositif de contrôle dans les transports en commun. Vérification massive mais pas systématique, puisque aléatoire. On aimerait connaître le nom de la tête d'œuf qui a pondu cette mesure.

Près de soixante millions de Français sont éligibles non à l'Élysée, mais au vaccin. Encore faudrait-il le préciser.

Deux cent mille « antivax » manifestent chaque samedi sans qu'on sache si ce sont toujours les mêmes ou si les contestataires se renouvellent.

Encore une fois, le tracé du Tour de France cycliste n'a en rien constitué une leçon de géographie. En cause, le choix désordonné des villes-étapes, le passage des concurrents d'une province à l'autre mais en avion et après des étapes dépassant parfois 200 kilomètres, une fin de Grande Boucle de treize kilomètres entre Chatou et Paris.

La France, championne olympique de tir rapide. Version sportive de regrettables exploits ayant noms féminicides, homicides et agressions contre les forces de l'ordre.

Le skateboard et le surf disciplines olympiques. Et pourquoi pas saute-mouton et la marelle ?

On ne vaccinera pas les jeunes de douze à dix-sept ans avant la rentrée pour ne pas gâcher leurs vacances, sans doute parce que le vaccin sélectionné ne sera pas suffisamment disponible avant septembre.

Le 17 juillet 2021, Macron fixe à 45 000 € l'amende pour non contrôle du pass sanitaire. Le 24 juillet, le Conseil d'État abaisse le montant de l'amende à 1 500 €.

Le Festival de Cannes décerne sa Palme d'or au film intitulé *Titane* que, d'après les sondages, 13 % seulement des cinéphiles iront voir.

Le lundi, les restaurateurs sont informés de l'obligation (illégale) de contrôler les pass et les identités. Le vendredi, leur mission est restreinte à l'examen des pass qui ne signifieront plus rien sans pièce d'identité.

Selon les statisticiens, les chances d'attraper le virus augmentent. Selon les lexicologues, ce sont plutôt les risques.

Dupond-Moretti mis en examen. Il avait promis que la justice serait moins indulgente. Elle a tenu parole.

On peut toujours se promener tout nu sur l'île du Levant, mais il faut y porter un masque. On peut montrer ses attributs mais pas son visage, comme si le cache-nez devait l'emporter sur le cache-sexe.

Les deux-roues bénéficient d'un contrordre. Ils sont de nouveau autorisés à circuler entre les voitures afin de diminuer les embouteillages et le CO_2.

Inondations un peu partout. En sortant de leur lit, les fleuves ont saccagé les cités dont ils étaient les plus beaux ornements.

Alors qu'on invitait les grands groupes pharmaceutiques à renoncer à leur brevet et à livrer gratuitement leurs produits aux pays émergents, ils augmentent d'environ 25 % leur prix de vente.

Si l'on n'en sait toujours guère plus sur les variants existants ou à venir, une certitude s'impose à l'issue d'un été tantôt pourri, tantôt caniculaire : le virus, lui, n'a pas pris de vacances…

Le gouvernement français condamné par le Conseil d'État français à payer dix millions d'euros d'amende versés par les contribuables français pour s'être montré incapable de réduire la pollution.

Le Conseil constitutionnel a décidé qu'on ne pouvait pas licencier un salarié pour défaut de vaccin. En revanche, les sages autorisent la suspension sans salaire. Et sans chômage !

Le moral est au point le plus bas depuis la dernière guerre. La Bourse, au plus haut depuis vingt ans.

Jean-Paul Belmondo, allongé dans un lit, a trouvé la mort alors qu'il avait survécu suspendu à un hélicoptère.

Le professeur Jean-François Mattei se montre rassurant sans rassurer personne car on se souvient qu'en 2003, alors qu'il était ministre de la Santé, il avait nié depuis son jardin marseillais les séquelles dévastatrices d'une canicule qui devait causer vingt-cinq mille morts.

L'assassin du prêtre vendéen était à la fois astreint à quitter le territoire français et inexpulsable en raison d'un contrôle judiciaire.

Les touristes en vacances à la Martinique doivent regagner immédiatement la métropole, mais aucune place d'avion n'est disponible avant de longs jours.

L'industrie du tabac va contribuer à hauteur de 80 millions d'euros aux frais entraînés par le ramassage des mégots. Mais on ne précise toujours pas si l'allongement des déchets tabagiques réduit le nombre des cancers du poumon.

À la Guadeloupe, on s'angoisse depuis que deux habitants sur cinq sont déjà infectés par le virus, alors que, voilà quelques jours encore, on considérait le phénomène comme l'incontournable étape avant que les survivants bénéficient de la fameuse immunité collective.

Tandis que le vaccin constitue le seul traitement contre la Covid, des antivax vandalisent les installations où l'on pourrait le prodiguer à des citoyens auxquels les injections ne posent aucun problème. N'est-ce pas une « mise en danger de la vie d'autrui » ?

48,8 °C à Syracuse, la ville qu'Henri Salvador avait si bien chantée, non parce qu'il y avait séjourné, mais parce que son nom sonnait joliment à l'oreille.

Le mercredi 11 août 2021, le *Journal officiel* publie un décret instituant le contrôle technique des deux-roues. Le jeudi 12 août 2021, bien qu'il s'agisse d'une directive européenne, Emmanuel Macron suspend la mesure car, dit-il, « ce n'est pas le moment d'embêter les Français ».

Les manifestations du samedi ont repris comme aux plus mauvais jours de 2020 en ajoutant les blouses blanches aux gilets jaunes. D'un côté, quarante-six millions de vaccinés. De l'autre, deux cent cinquante mille manifestants. Ce sont pourtant les seconds qui ont tiré la couverture médiatique. Aucun accord à espérer entre un gouvernement dépassé et des trublions sans leader.

Un mégot incandescent est sans doute responsable des feux de forêt varois. Cette fois, le tabac ne menace pas que les fumeurs, mais aussi les braves gens qui ne sont jamais entrés chez un buraliste, commerçant réputé essentiel lors du confinement.

Marseillais menacés par des tirs à balles réelles quand ils sont chez eux, par des jets de bouteilles lorsqu'ils jouent au ballon à Nice.

Daech contre talibans. Des terroristes s'opposent à des terroristes. En total désaccord sauf pour continuer le massacre des innocents.

La France ne reconnaît pas le gouvernement afghan, mais elle délègue des représentants pour dialoguer avec lui.

Mélenchon abandonne La France insoumise pour L'Union populaire. Avant, peut-être, Au galop les gauchos !

Deux footballeurs défraient la chronique : l'un a à son actif six cents buts ; l'autre, cinq viols et une agression sexuelle.

Éric Zemmour qualifie Emmanuel Macron, dont il voudrait prendre la place, de « stagiaire de l'Ena à l'Élysée », tandis que les séides de l'actuel président traitent Zemmour de « journaliste ». Preuve qu'en dépit des soixante-dix mille mots de son vocabulaire courant, la France manque d'insultes.

Le procès des attentats du 13 novembre va durer neuf mois. Sans qu'on soit assuré d'un accouchement de toute la vérité.

VACCINATIONS ET VATICINATIONS

C'est parce qu'ils ne sont pas allés au bout de tous les calvaires que les rescapés n'en sont pas revenus. Logique. Ils n'ont pas connu la lèpre, la peste et la grippe espagnole. Mais, parfois, la réalité a démenti les plus funestes augures. Quand on a commencé à espérer des vaccins, on ne pensait pas qu'on en bénéficierait avant une décennie. Leur apparition au bout de moins d'un an de pandémie a été une bonne surprise convenablement saluée bien chez nous que les laboratoires tricolores n'y fussent pour rien.

On a guéri en trois jours Donald Trump, le Président milliardaire, avec des anticorps. Trop chers pour qu'on en fasse bénéficier également les infectés lambda.

Sans les « antivaccins » qu'on s'est donné plusieurs semaines pour convaincre, la majorité des « provax » aurait été immunisée beaucoup plus tôt. À moins que le délai imposé au début de la campagne ait eu pour vraie raison de dissimuler la pénurie de produit salvateur.

Les plus prudents ont attendu que les assurances d'efficacité passent du communiqué de presse de Pfizer aux colonnes du *Lancet.*

Énième contre-indication de l'AstraZeneca : voilà quelques mois, il ne pouvait pas soigner les vieux ; aujourd'hui, il est déconseillé aux jeunes.

Si nos gouvernants sont aussi empressés à se faire vacciner, ce n'est sans doute pas seulement pour donner l'exemple ou par peur de la contagion, mais aussi pour montrer, en relevant une manche de leur chemise, qu'ils ont le bras long.

Pendant plusieurs semaines, la tromperie et l'intox seront permanentes en matière de livraisons vaccinales. Ainsi annonce-t-on la disponibilité d'un million de doses alors qu'il n'y en a que deux cent mille. Ou pas du tout. Pas une explication. Pas un mot d'excuse.

Le vaccin anti-Covid n'immunise pas les ministres contre la confusion (volontaire) entre primo-vacciné et vacciné définitif. Pourtant, les deux chiffres diffèrent souvent du simple au double.

La « sixième dose » constituée par les reliquats des cinq premières est une bonne surprise. À moins que ce ne soit davantage une trouvaille de communicant qu'une initiative de laborantin.

Autre économie : une seule piqûre pour ceux qui ont déjà eu la maladie. Les rechutes, si elles se produisent, interviendront dans plusieurs mois.

Les vaccins se multiplient avec des qualités et des lacunes diverses. L'un rend les femmes plus malades ; l'autre convient moins aux Africains, mais tous améliorent le discours des gouvernants.

Une ultime plaidoirie en faveur de l'AstraZeneca : il cause de toute façon moins de morts que le virus. Il y a donc lieu de récompenser davantage l'auteur de l'argument que le responsable de la statistique.

Un député obligé de démissionner parce qu'il s'est fait vacciner alors qu'il n'était pas prioritaire. En Allemagne.

Parmi les victimes dont on ne parle jamais, l'université d'Oxford dont le nom demeurera attaché à jamais à la très controversée AstraZeneca.

Le vaccin chinois n'est efficace qu'à 50 %. Moins grave dans un pays d'un milliard quatre cents millions de citoyens qui serait toujours aussi puissant s'il n'en comptait que sept cents millions.

Alors qu'on n'a encore vacciné que dix millions de personnes en France, il apparaît déjà qu'en ce qui concerne Pfizer, il faudra un troisième vaccin dans quelques mois. Si l'on ne peut pas acquérir le produit, il convient d'acheter ses actions en Bourse.

Aux Maldives, on offre la vaccination aux touristes. Mais les cercueils sont encore payants dans les pays à clusters.

En Inde, on recense deux malades par lit. Sans qu'on nous précise si les lits sont plus larges ou les malades plus maigres.

Comme le virus, l'espacement entre deux vaccinations a varié lui aussi. Il a été de quinze jours puis de trois semaines puis de deux mois avant de redescendre à six semaines puis à quatre.

On imagine également deux injections de marques différentes. En attendant de remplacer la seconde par une tournée de beaujolais. Johnson & Johnson va plus loin qui, passant outre à une baisse de ses recettes de 50 %, préconise une unique piqûre.

Spoutnik V adopté dans soixante-dix pays et boudé par l'Europe. Sans doute pour des raisons politiques. Mais le regain d'infections enregistré en juin 2021 à Moscou et à Saint-Pétersbourg tendrait à prouver qu'il fallait être méfiant.

Selon une dernière étude, mais il y en aura d'autres, les personnes vaccinées et porteuses du virus ne sont plus contagieuses qu'à 50 %. Impossible toutefois de savoir dans laquelle des deux moitiés un ancien malade se trouve. Ce qui ne fait guère avancer le schmilblick.

Pour la première fois depuis longtemps, cinq millions de séniors hexagonaux ont échappé à la grippe saisonnière. Sans savoir s'ils le devaient au vaccin ou aux gestes barrières.

De nombreux pays réclament la levée puis l'internationalisation des brevets. La France est d'autant plus acquise à cette demande qu'elle n'en détient aucun concernant la pandémie. Pas sûr que les financiers qui ont engagé des milliards dans la recherche avec l'espoir d'empocher ensuite d'énormes profits consentent à se transformer en philanthropes et que certains médicaments se libèrent d'une propriété intellectuelle qui régit toujours les arts et les lettres.

Les immunisés résidant sur l'une des deux mille quarante-trois avenues françaises

portant le nom de Louis Pasteur n'ont pas fini de déplorer que ce grand homme ne se soit jamais vu décerner le diplôme *honoris causa* de docteur en médecine.

Et pourquoi pas des badges pour les vaccinés ? Rappelons-nous l'époque où les garçons qui utilisaient une méthode contraceptive l'annonçaient à la boutonnière de leur veston quand ils allaient danser. Traduction : « Vous pouvez coucher avec moi, je ne vous ferai pas d'enfant. »

J'AI ÉTÉ ASYMPTOMATIQUE

Ce qui va suivre est sans portée scientifique mais possède le mérite d'avoir été vécu. Cela s'est passé en septembre 2020 à l'orée de la deuxième vague.

Entre deux confinements, j'avais retrouvé le chemin des tapis verts. Or, à l'époque et sauf à Monaco, la sécurité des joueurs était réduite au minimum. Mais le plus angoissant est qu'il n'existait pas encore de vaccin. Ce qui devait arriver arriva. Au lieu de toucher le jackpot je contractai la souche historique (et dépourvue de variant) du Corona. Pas seul car les deux dames de compagnie qui me cornaquaient dans les casinos furent atteintes en même temps que moi. L'une fut immobilisée pendant plus d'un mois dans un état assez grave. L'autre éprouva, comme moi, le minimum de symptômes.

Au catalogue des atteintes légères permettant d'affirmer un peu plus tard qu'on a été infecté sans être vraiment malade : fièvre le premier jour ; grosse fatigue et quinze heures de sommeil quotidien ; courbatures générales ; perte progressive de l'odorat et du goût. Mon généraliste me visita rapidement. Juste le temps de m'avouer qu'il n'existait aucun traitement, de me faire une ordonnance pour des cachets de Paracétamol et de regretter de ne pas pouvoir faire mieux. À tout hasard, il m'indiqua la façon de me procurer une bonbonne d'oxygène qui demeura à mon chevet pendant deux semaines avant que le vendeur vînt la reprendre aussi intacte qu'à la livraison. Les familiers s'étaient faits plus distants et les visiteurs plus rares. J'avais l'impression d'être un pestiféré bien portant. Voire un cadavre encore capable de se tenir les côtes. La somnolence m'aida à supporter dix jours d'isolement à l'issue desquels un nouveau test établit la disparition du virus et l'apparition des anticorps. Autorisé à circuler librement depuis quelques heures, je me retrouvai de nouveau confiné et cette fois dans ma chambre.

Bien que les médias répétassent à l'envi qu'à partir de quatre-vingts ans (j'en avais plus de quatre-vingt-dix), l'infection risquait d'entraîner une issue fatale, à aucun moment je ne partageai cette angoisse comme si j'étais persuadé qu'un fléau aussi important ne pouvait concerner mon humble personne. Je crois avoir été sauvegardé par un bon état général, par l'optimisme chevillé à un corps de moins en moins ingambe et par les anticoagulants que je prenais depuis plusieurs années. Quatre mois plus tard j'allais me faire vacciner. Avec deux doses car on ignorait encore qu'une seule suffisait si l'on avait été précédemment malade.

Depuis, j'ai repris le chemin des casinos, désormais davantage sécurisés. L'odorat revient peu à peu. Mais les incertitudes du goût m'interdisent de continuer à jouer aux gastronomes. Depuis, les vaccins sont offerts à tous ceux qui les acceptent. Mais les variants sont de plus en plus contagieux et l'on commence à évoquer la nécessité d'une piqûre de rappel qui enrichira encore un peu plus les pontes du secteur.

Un grand merci à la Providence qui m'a laissé le temps de devenir gâteux, de mourir d'autre chose que de la Covid et d'avoir droit *in fine* à un corbillard qui, si la Grande Faucheuse ne se presse pas trop, sera sans doute électrique.

CE SERA TRÈS LONG, TRÈS DOULOUREUX ET TRÈS COÛTEUX

Depuis que la laïcité nous interdit de joindre les mains, je croise les doigts chaque fois que j'émets un vœu que je m'obstine cependant à qualifier de pieux. Au risque d'ajouter aux tonnes de questions demeurées sans réponse. La Covid sera-t-elle banalisée et gratuite lorsqu'on devra se faire vacciner tous les ans comme pour la grippe saisonnière ? Pour l'heure, nos gouvernants s'en tirent avec des auditions devant les commissions parlementaires. Un jour, ils devront s'expliquer devant la justice à propos d'accusations allant de la négligence à la mise en danger de la vie d'autrui.

Durant l'année terrible qui vient de s'écouler, j'ai eu tout le temps de réfléchir aux façons de rendre plus attractive la dissimulation obligatoire de nos visages dont nous sommes loin d'être dispensés. Il suffirait que le textile protecteur offre les traits de contemporains jeunes, beaux et célèbres. Ainsi, l'octogénaire précautionneux pourrait-il ressembler un jour à Di Caprio et le lendemain à Kendji Girac. Les masques tomberont cependant – au propre et au figuré – à chaque campagne électorale s'il se confirme qu'ils font progresser le taux d'abstention en ne permettant plus de voter pour une candidate blonde ou pour un postulant moustachu.

La vie ne sera plus jamais normale puisque au souvenir d'un passé tragique s'ajoutera l'appréhension d'un avenir incertain. Pendant des décennies, on ne toussera plus sans que les voisins alertent le commissariat. Aura-t-on paradoxalement une poussée de fièvre après avoir pris froid ? Le moindre début d'angine sera sanctionné par l'isolement. Le moral – sinon la santé – en pâtira dès lors que vivre avec le virus signifiera qu'on ne peut plus vivre ensemble sans méfiance et que pour éloigner le spectre de la mort, on devra renoncer à la plupart des joies de vivre.

Sachant que la peur de la contagion pèsera encore longtemps sur l'instinct grégaire, la convivialité et les contacts risquant de devenir des « cas », on peut déjà prévoir qu'à l'Opéra, il n'y aura plus de pas de deux mais des deux pas tout seul ; que les cuivres des orchestres devront être désinfectés toutes les vingt mesures à l'aide d'un gel hydroalcoolique ;

que les boîtes de nuit fermeront dès 19 heures, mais qu'il ne sera pas interdit ensuite de faire danser grand-mère sur le parquet de la salle à manger ; que les conférenciers ne réveilleront plus les dormeurs en postillonnant sur eux ; qu'au théâtre, si le couvre-feu reprend, on préférera les petits sketchs aux tragédies en cinq actes ; que dans les cinémas les dragueurs qui se rapprocheront trop des femmes seules recevront moyennant une amende de 135 euros un cachet de bromure ; que dans les restaurants les maîtres d'hôtel n'auront plus la serviette sur le bras mais le double décimètre à la main afin de vérifier l'écart réglementaire entre les tables ; que les sommeliers qui, à cause des masques, auront goûté les vieux bordeaux avec une paille seront forcés de les avaler ; que si les trois étoiles sont cantonnés aux terrasses, les petits malins disposant d'une toque blanche pourront toujours aller déjeuner à la cuisine en prétendant qu'ils font partie du personnel ; que les vendeuses de chaussures, désormais dispensées des éreintants va-et-vient entre le sous-sol et la boutique, effectueront de leur domicile et par visioconférence des essayages distanciés ; que le passage des examens, plus facile que celui des frontières, épargnera aux poignets de chemise des candidats la souillure des antisèches ; que la dénonciation des contemporains plus fatigués que d'ordinaire sera récompensée par le ruban du « Mérite sanitaire » ; que, pour peu que les mains officielles soient gantées de caoutchouc, une grande tape dans le dos succédera à l'accolade accompagnant la remise d'une décoration, que les rapports amoureux n'iront plus sans port de scaphandre doté d'ouverture *ad hoc* télécommandée par des sexologues.

Ce petit inventaire prévisionnel tend à prouver que le virus venu de l'Inde aura fait de nous des intouchables et que, bientôt, l'État sera fondé à offrir un bracelet anti-rapprochement à tous les citoyens non violents.

Jusqu'à la fin du siècle, chaque jour qui passe occasionnera une nouvelle angoisse et provoquera des doléances supplémentaires ainsi que des demandes de nouvelles aides qu'on ne pourra satisfaire qu'en décidant le non-remboursement définitif des dettes publiques. Si nous avons droit à d'autres confinements et à une mortalité quasi générale, nos cités ressembleront à Pompéi : plus aucune vie et des artisans figés dans leur dernière attitude de travail. Bref, la fin d'un monde sans être assurés de l'apparition d'un nouveau.

Ultimes suppositions. Le retour inévitable des augmentations d'impôts qui, lorsque ceux-ci atteindront 100 % du revenu, fera de l'État le bénéficiaire à la source de tous les salaires. À charge pour lui de verser aux contribuables qu'on appellera désormais des « confisqués » une « allocation de survie » calculée en fonction des situations de famille. Tandis que les historiens de la pandémie dresseront la liste des pays où il faisait bon vivre avant qu'on y meure davantage, les sociétés, dénommées médicalisées et non plus civilisées, seront répertoriées selon leur nombre de vaccinés. Pendant plusieurs décennies tous les chefs d'État devront être titulaires d'un diplôme de médecine.

En fait, le véritable retour à la normale ne se produira que quand, à l'entrée d'une boutique, on prendra soi-même sa température après avoir baissé son pantalon.

LES MOTS POUR LE DIRE

A

Abstention. Deux électeurs sur trois ne se sont pas dérangés pour les régionales de 2021. Si on veut leur faire retrouver le chemin des urnes, il faut, comme en Belgique, frapper d'une amende les citoyens qui ne méritent plus complètement ce nom.

Acceptabilité. Indique que le pouvoir se préoccupe de la vie des citoyens. Sans toujours en tenir compte.

Actualité. On n'en parlait pas hier. On n'en parle aujourd'hui que si elle est catastrophique. On n'en parlera plus demain.

Adultère. Infidélité distinguée n'impliquant plus des cocus mais des trompés.

Aérosols. Virus qui prennent leurs vacances l'été sous les parasols.

Aide de camp. Galonné qui, lorsqu'il accompagne le chef de l'État, porte toujours une valise. Pas parce qu'il part en voyage ou qu'il en revient mais parce qu'il transporte les commandes de l'arme nucléaire.

ALÉATOIRE. Contrôle au petit bonheur la chance, ou à la malchance. Ainsi peut-on être vérifié trois fois en une semaine ou jamais.

ALTERNATIVE. Selon un porte-parole du pouvoir, nous n'avons plus le choix qu'entre la vaccination générale et un tsunami viral.

AMOUR. Le passage de la verticale à l'horizontale aboutit à ce qu'à la douceur des prémices succède la brutalité de l'assouvissement.

ANESTHÉSISTE. Chargé d'endormir l'opéré et, si l'intervention tourne mal, d'annoncer à sa famille qu'il ne se réveillera pas.

ANNULATION. Report à des jours meilleurs d'une manifestation de l'événementiel.

ANTICORPS. Désormais plus importants que les corps. Qu'ils soient fabriqués organiquement ou de synthèse.

APPLICATION (DÉCRET D'). Ultime étape d'une loi qui aboutit à sa promulgation ou à ce que, faute de paraphe ministériel, on n'en parle plus jamais.

ARBITRE. Adulte en culottes courtes qui siffle tous les mauvais coups et n'applaudit jamais les bons.

ASSAILLANT. Assassin présumé abattu par la police.

ASTÉROÏDE. Morceau de cosmos en balade.

ASTICOT. Principal ennemi des poissons vivants et dernier ami des humains morts.

Asymptomatique. Infecté bien portant mais parfois plus contagieux que les grands malades.

Atrabilaire. Mauvais caractère dans la bonne société.

Aurillac. Ses records de froid ont, depuis deux ans, valu à cette petite ville du Cantal, seulement connue pour avoir donné naissance au président Paul Doumer, d'être plus citée par les médias que les grandes métropoles.

Autopsie. Examen indolore servant à formuler un diagnostic par définition trop tardif.

Autosatisfecits. Sortent davantage des officines gouvernementales que les bonnes décisions.

Avocat. Travaille sur devis comme le dentiste et le plombier.

B

Bagatelle (de la porte d'entrée). À Monaco, personne n'entre dans le Grand Casino (construit par l'architecte Garnier pour payer ses dettes de jeu) sans être annoncé non par un huissier mais par un dispositif électronique claironnant indiscrètement sa température.

Baigneurs. Souvent en surpoids quand ils ne sont pas en celluloïd.

Bain de foule. Déconseillé aux gouvernants moins en raison de l'épidémie que parce qu'il tourne très souvent à la douche froide d'impopularité.

Ballon. La principale vertu de cet accessoire sportif promu symbole de toutes les ambitions populaires réside dans son manque total d'angles.

Bitcoin. Ce qu'on appelait naguère monnaie de singe dont raffolaient les enfants et les faibles d'esprit est devenu la cryptomonnaie, prise très au sérieux par les financiers et les investisseurs. Ces derniers peuvent réaliser d'énormes plus-values soumises à l'impôt mais également tout perdre en quelques heures sans aucune aide de l'État.

Boîte noire. Enregistrera bientôt les sorties de route comme elle le faisait jusqu'à présent des crashs aériens. Avec l'espoir qu'il y ait dans le premier cas plus de survivants que dans le second.

Bornes. Il n'y aura plus de limites (pour les voitures électriques) quand le cap des 100 000 sera franchi en France.

Bouchon. Ferme volontairement une bouteille ou obstrue accidentellement une route.

« Bout du tunnel. » Extrémité que seuls aperçoivent les haut placés.

Brevets. Leur levée mondiale risquerait d'entraîner un arrêt total des recherches pharmaceutiques.

Budget (rectificatif). Dépenses imprévues au financement imprévisible.

Business. Travail devenu un peu louche en s'anglicisant.

C

Campagne. Permet de la battre – moyennant des frais plus ou moins remboursés – à des candidats briguant une sinécure électorale.

Cancer. Alors que – théoriquement – on le soigne de mieux en mieux, on en meurt davantage par suite des déprogrammations.

Canicule. Supérieure à la chaleur du corps et aux températures relevées sous abri en 1880.

Cannabis. Récréatif ou thérapeutique selon l'alibi choisi. Drogue douce encadrée par une répression dure. Rend momentanément plus heureux les automobilistes qui vont mourir sur la route.

Carence. Délai inventé par la Sécu pour qu'elle soit certaine que ses affiliés ont bien mal quelque part.

Catastrophes naturelles. Reconnues dans les jours qui suivent, indemnisées plusieurs années après. Leur qualificatif en dit long sur la bonté prêtée au Créateur de toutes choses.

Centenaires. Ils sont tellement nombreux que les préfets et les sous-préfets ont cessé de leur transmettre les congratulations du pouvoir.

« C'est extrêmement important ! » Formule à l'aide de laquelle un quidam auquel on a donné la parole insiste lourdement sur sa propre crédibilité.

« C'EST SUR LA TABLE ! » S'est substitué à « c'est dans les tuyaux ». Signifie que l'affaire sera réglée avant la fin du siècle.

« C'EST VRAI » ; « TOUT LE MONDE SAIT » ; « PERSONNE N'IGNORE ». Locutions couramment usitées par des orateurs souhaitant ériger en vérités premières des convictions très personnelles.

CHANCE. Se substitue de plus en plus souvent à « risque », non par ignorance du danger mais par méconnaissance du français.

CHANGEMENT. Pas sûr que ce sera beaucoup mieux mais certain que ce sera un peu différent.

CHARISME. Pouvoir de séduction des candidats à un pouvoir.

CHÔMAGE PARTIEL. Paiement par l'État des heures de sieste.

CHRONIQUE. Se dit d'un éditorial intermittent ou d'une maladie permanente.

CLIENT (UN BON). Dans le langage des gens de médias, interlocuteur capable de bien s'exprimer sur un sujet qu'il ne connaît pas toujours.

CLIMATOLOGUE. Se reconnaît à son petit doigt perpétuellement mouillé.

CLOPORTE. Surnom des concierges à l'époque où elles n'étaient pas remplacées par des parlophones.

CLOQUE. Bosse plus ou moins importante provoquée par la piqûre du moustique ou par un sexe masculin.

CLUSTER. Groupement d'infectés par leur anglais.

CO_2. À volume égal, plus redoutable que le bon vieux gaz carbonique.

COCU. Ne l'est pas qui veut. Encore faut-il qu'une femme qu'on n'a pas dégoûtée de l'amour rencontre un homme qui a les mêmes goûts que soi.

COGITER. Penser en se tenant le front à deux mains.

COLON. Justiciable tantôt d'une réprobation rétrospective, tantôt d'une coloscopie.

COMMÉMORATION. Providence des médias les jours où il ne se passe rien.

COMMUNICATION. Naguère, elle était strictement téléphonique et permettait de prendre des nouvelles des gens qu'on connaissait bien. Aujourd'hui, elle emprunte tous les canaux et autorise à s'immiscer dans la vie quotidienne des gens qu'on ne connaît pas.

COMPLIQUÉ. Tout est compliqué, y compris de trouver un autre mot.

COMPLOTISTE. Tous les citoyens le sont un peu y compris ceux qui complotent contre les complotistes.

COMPROMIS. Accord dont tout le monde se félicite bien qu'il ne satisfasse personne.

CONCLUSIONS. Fin d'un article, d'un livre ou d'un discours. Début d'un procès.

Conférence. Causerie appréciée par des retraités désireux de ne pas dormir seuls après déjeuner.

Congé parental. Porté de quatorze à vingt-huit jours en attendant qu'au nom de l'égalité des sexes, le nouveau père puisse bénéficier d'une durée d'entracte professionnel équivalente au temps d'une grossesse.

Congrès. Selon que l'on garde ou non ses sous-vêtements, rapprochement sexuel ou politique.

Connu défavorablement. Euphémisme policier s'appliquant aux malfrats et sans doute un jour prochain aux politiciens.

Conscrit. Hier, juvénile défenseur de la patrie ; aujourd'hui, étudiant ou chômeur.

Conseiller. Éminence grise qui lorsqu'elle est blonde a alors davantage que l'oreille du prince.

Conservation (instinct de). Concerne désormais, autant que l'attachement à la vie et la sécurité des hypothèques, celui de la pérennité des aliments.

Constitutionnel (Conseil). Longtemps refuge des anciens chefs de l'État, notre cour suprême est devenue l'asile des ex-Premiers ministres.

Contorsionnisme. Aptitude à changer de position passée de la piste des cirques à la scène politique.

Contrôle continu. S'est substitué au contrôle terminal en attendant l'automaticité du diplôme qui est encore scandaleusement refusé à 4,5 % des candidats au bac.

Convoi. Ne s'applique plus aux trains, qui sont devenus si longs que du premier wagon on n'aperçoit plus le dernier.

Corruption. Délit qui rend plus difficile à un corrupteur de faire plaisir à un corrompu.

Cosmétique. Se dit, comme certaines crèmes de beauté, d'une mesure qui améliore la surface sans réparer le fond.

Cour des comptes. Reproche régulièrement à l'État de dépenser trop d'argent alors qu'elle lui coûte cette année 85 millions d'euros.

Course contre la montre. Épreuve mettant en concurrence les aiguilles mesurant le temps et celles injectant un vaccin.

Couteau de cuisine. Facilite des attaques plus ciblées que l'arme nucléaire.

Couvre-feu. Confinement nocturne hérité du Moyen Âge surveillé par des chevaliers du guet rebaptisés policiers municipaux.

Covid. Terme plus savant qui a remplacé le corona lorsque celui-ci a été compris par tout le monde.

Covoiturage. Explique pour les trois quarts la baisse des ventes d'automobiles.

Crack. Était voilà quelques décennies encore un champion du muscle ou de la matière grise ; est devenu une drogue plus dévastatrice de l'intelligence que les autres.

Crédit. Aide les citoyens, les municipalités, les régions et l'État à vivre au-dessus de leurs moyens.

Crémation. Bûcher moderne qui permettait naguère aux familles endeuillées, avant que ce soit interdit, de placer les cendres du cercueil du grand-père sur la cheminée du salon.

Crise. Problème momentanément irrésolu.

Croissance. À une époque où l'on risque d'être taxés d'islamophilie dès lors qu'on a commandé à voix un peu trop haute un croissant, la croissance est redevenue le maître mot d'une civilisation qui se veut de plus en plus performante ainsi qu'une obligation absolue pour des gouvernants désormais appréciés davantage pour leurs résultats que pour leurs promesses.

Cul et chemise (comme). Amitié avec un homme trop vêtu pour être heureux.

Culture. Mémorisation sans vérifications des fatras accumulés par les générations précédentes.

Cyber (criminalité, attaque). Science conditionnant désormais tous les autres progrès, parfois dévoyée par l'appât du gain.

D

Débats. Sont à la démocratie ce que les ébats sont le plus souvent à l'amour. C'est-à-dire un simulacre.

DÉCÈS. Vocable administratif plus feutré auquel recourent les directions appelées par antiphrase de la santé lorsque le nombre de morts à l'hôpital dépasse quotidiennement trois cents.

DÉCISION POLITIQUE. Mesure gouvernementale désapprouvée par les scientifiques.

DÉDIABOLISATION. Celle du RN sera difficile. Au moins tant que vivra le père fondateur qui avait affirmé que la Shoah n'était qu'un détail de l'Histoire.

DÉGAGISME. Néologisme d'origine argotique signifiant, lorsqu'il concerne les politiques, « casse-toi, minable ! », ou, plus explicitement : « Ôte-toi de là que je m'y mette ! »

DÉMARCHAGE. Interdit dorénavant aux commerçants par le biais du téléphone mais de plus en plus autorisé aux politiques par le truchement de la télé.

DÉMATÉRIALISATION. Remplacement d'un fonctionnaire par un ordinateur. Réduit les frais de salaire et les revendications syndicales.

DÉMISSION. Rime pauvrement avec Macron.

DÉPASSEMENT. Sanctionné à droite sur la route et à gauche après une élection.

DÉPOUILLE. Corps d'un défunt après le passage du fisc et des héritiers.

DÉPOUILLEMENT. Se dit d'abord de l'identification des bulletins de vote avant d'évoquer l'augmentation fiscale qui s'ensuit.

Député-maire. La suppression de ce cumul républicain n'est pas une réussite. Elle a éloigné les parlementaires des cités qui les avaient élus et les magistrats municipaux des assemblées qui appuyaient leur action.

« De quoi est-il mort ? ». Lorsqu'on n'est pas capable d'obtenir une réponse à cette question, on peut remarquer : « Sans importance, puisqu'on ne savait pas de quoi il vivait. »

Dettes publiques. Dépenses croissantes dont les gouvernants citent le montant avec un air de plus en plus empreinté.

Dictateurs. Souvent issus des classes pauvres, ils deviennent milliardaires en s'appropriant les ressources naturelles de leur pays.

« Docteur ! » Vocatif réservé en France au détenteur d'un diplôme de médecin. En Italie, il suffit de maîtriser la lecture.

Données. Informations personnelles qu'on peut revendre à n'importe qui.

Douanier. Fonctionnaire frontalier qui ferme plus souvent les paupières qu'il n'ouvre le coffre des voitures.

Double peine. Au chagrin du condamné à la récidive s'ajoute la désolation d'un magistrat force de sévir sans aucun résultat.

Drapeau. Emblème que l'on brandit avant une guerre ou que l'on plante après un achat dispendieux.

DROIT. De plus en plus tordu en raison de la stricte application par la justice de lois de plus en plus injustes et dépassées.

E

ÉCHANGER. Concerne moins les devises que les propos.

ÉCOLOGISTES. Le jour où ils seront au pouvoir, seules les épaules rouleront encore.

ÉCONOMIE SOUTERRAINE. Ainsi nommée parce qu'elle n'est jamais très éloignée des bas-fonds mais elle mériterait aussi l'appellation d'économie aérienne car elle se situe au-dessus des lois et des règlements.

ÉCRITURE INCLUSIVE. A sans doute pour origine le double vocatif que Georges Marchais avait mis à la mode en commençant tous ses discours par « Françaises, Français ».

ÉGALITÉ DES SEXES. Elle ne sera atteinte que le jour où l'on recensera autant d'hommes battus que de femmes violentées.

ÉLIGIBLE. Vocable moins utilisé pour l'onction du suffrage universel que pour l'accès aux injections anti-Covid.

ÉLYSÉE. Appartement parisien de 260 m^2 prolongé par un parc de deux hectares où est logé gratuitement le plus chaud partisan de l'égalité des chances.

EMPLOI FICTIF. Profite à l'épouse d'un ministre ou au garde du corps d'une parlementaire. Cessera d'être poursuivi le jour où il s'ajoutera légalement à un travail réel au lieu de s'y substituer.

EN PREMIÈRE LIGNE. Situation très exposée des poilus en 14-18 et des soignants en 2020-2021.

ENRICHISSEMENT. Fortune suspecte puisque seuls les pauvres sont honnêtes dès lors qu'ils le sont restés.

ENSAUVAGEMENT. Très ancien vocable exhumé par Marine Le Pen, Gérald Darmanin et quelques autres afin, en passant outre à la signification du dictionnaire, de stigmatiser les violences croissantes de la société française.

ENTENTE CORDIALE. A disparu des manuels d'histoire avant qu'on rebouche le tunnel sous la Manche.

ÉOLIENNES. On leur reproche de défigurer le paysage, de faire trop de bruit, de perturber les radars militaires et de consommer de l'électricité au lieu d'en produire lorsqu'on les fait tourner pour masquer l'absence de vent.

ESPACE. Relatif à une galerie marchande ou au cosmos.

ESPÈCES. L'argent qu'on a dans la poche est toujours sorti d'une autre poche. La malhonnêteté commence quand on s'empare également du pantalon.

ESSENTIEL (NON). Distinguo arbitraire et maladroit ayant toujours choqué et souvent ruiné les commerçants assez imprudents pour vendre d'autres produits que la nourriture.

« ÊTES-VOUS VACCINÉ ? » A remplacé « comment allez-vous ? » qui, à l'origine, s'enquérait du bon fonctionnement des transits. Sauf qu'aujourd'hui on s'inquiète moins de la santé de celui qu'on interroge que de celle de tous ceux qu'on ne voit pas.

ÉTRANGER. Contemporain que sa naissance a privé du bonheur d'être français.

EUTHANASIE. François Hollande touchera-t-il un jour un pourcentage sur la vente de la potion létale qu'il avait offerte aux malades en fin de vie ?

EXPONENTIELLE. Adjectif peu usité par les masses laborieuses et qu'emploient les gouvernants avec l'arrière-pensée de rendre moins évidente une augmentation rapide, continue et angoissante.

F

FAKE NEWS. En français, « fausse nouvelle ». La première remonte à 1938, lorsque Orson Wells avait décrit à la radio le débarquement des Martiens sur terre. La plus fameuse a été en 2021 « Trump est réélu », à laquelle six mois plus tard cinquante millions d'Américains croient toujours.

Faune. Animaux passionnants ou humains sans intérêt.

Faux-cul. De plus en plus nombreux, tant il est vrai que l'on recense plus de traîtres à l'amitié que de postérieurs postiches.

Féminicide. À ranger entre infanticide, parricide et fratricide, ce néologisme a été imposé par la recrudescence des violences masculines. Pire qu'homicide car, par définition, la victime est le plus souvent sans défense.

Femmes. Bien qu'assurant plus que les hommes la perpétuation de l'espèce, elles souffrent d'un déficit de considération qui les éloigne, chez nous, de la présidence de la République et, ailleurs, de la papauté et du sacerdoce. Certes, elles sont plus présentes dans les conseils d'administration mais on recense toujours cent fois plus de femmes de ménage que de manieurs de balai.

Festival. Manifestation organisée à l'intention de conjoints ayant envie de dormir seuls ou différemment accompagnés.

Feux d'artifice. Moins utilisés à des fins festives que contre les forces de l'ordre. Constituant toujours la coiffure des hauts magistrats, le mortier ne vise que les coupables dans les prétoires.

Fièvre. Depuis que celle du samedi soir n'est plus qu'un souvenir de cinéphile, on la surveille tous les jours aux portes des endroits publics.

Flagrant délit. Dispense d'enquête et accélère la procédure au point de pouvoir entraîner la destitution quasi immédiate du chef de l'État. Par exemple, si ce dernier est surpris en train de harceler une petite fille dont les parents n'ont pas voté pour lui.

Flux migratoires. Ils entraînent souvent des fluxions sociales.

Fonds de solidarité. Se dit du soutien financier de l'État lorsque celui-ci n'aide plus les riches mais les pauvres.

Forces armées. Depuis leur professionnalisation, elles rassemblent, en temps de paix, des engagés qui défilent et, en temps de guerre, des civils qui tentent parfois de se défiler.

Forces de l'ordre. Expression pleinement justifiée lorsque, pour traquer un seul forcené, on mobilise trois cents gendarmes, sept hélicoptères et quatre véhicules blindés.

Formation. Enseignement professionnel qui peut durer plusieurs années ou vingt-quatre heures.

Fracture. Oppose des millions de citoyens quand elle est sociale et immobilise quelques dizaines de coureurs cyclistes lorsqu'elle est osseuse.

Fracture numérique. Frontière infranchissable entre les familiers d'Internet et les autres.

Fraternité. N'est plus présente qu'aux frontons des monuments publics.

Frontières. En dépit des surveillances douanières, toujours franchies illégalement par les migrants et les virus.

G

Galanterie. Tantôt empressement gracieux des messieurs auprès des dames ; tantôt empressement rétribué de certaines dames envers les messieurs.

Galaxies. Univers où nous n'irons jamais mais dont nous parlerons toujours.

Gaminerie. Enfantillage d'adulte.

Gaz de ville. Il ne cesse d'augmenter alors que les gaz lacrymogènes, eux, demeurent gratuits.

Gendarme (peur du). Pas seulement le commencement de la sagesse mais aussi la fin de la conscience tranquille.

Généraux. La Grande Muette les cantonne dans les généralités. Certains sont plus étoilés que les grands restaurants.

Géolocalisation. Permet de savoir par où est passé un criminel qu'on ne rattrapera jamais.

Gestion de crise. Enseigné naguère à l'Ena, cet ensemble de dénis définitifs et de promesses sans lendemain vise à apaiser les colères populaires.

Gibier. Se trouve dans les forêts ou au bout d'une potence.

Gilet jaune. Les déshérités ont choisi comme emblème ce vêtement dessiné par un grand couturier milliardaire qui ne l'a jamais porté. N'aide plus à traverser les autoroutes mais paralyse la circulation.

Goélands. Dopent les ventes des sandwichs en volant ceux des touristes.

Gouttelettes. On passe entre elles moins facilement qu'entre les gouttes.

Gouvernances. La principale différence entre les gouvernants et une gouvernante réside dans le fait que la seconde ne dépense pas plus d'argent qu'elle n'en a.

Gratuité. Alors que l'argent n'a jamais tenu plus de place dans nos existences, elle est devenue le mot clé des riches qui voudraient faire croire qu'ils ont du cœur et des pauvres qui souhaiteraient faire des économies. Les petits cadeaux ne sont souvent que des attrape-consommateurs.

Grenade. De désencerclement en France, de dispersion en Israël. Réussit (plus ou moins bien) à contusionner les manifestants au lieu de les tuer sur le coup.

Grève. Arrêt de travail des bien-portants donc ignoré par la sécu.

Grosse fatigue. Dans le langage feutré des praticiens prélude au repos éternel.

H

Handicap. Complique l'existence mais facilite le stationnement.

Haut-commissaire. Titre moins souvent attribué à un quidam chargé d'une tâche précise qu'à un ami inconsolable de ne pas être ministre. Ne va pas toujours dans le sens de l'économie : pour réfléchir à un avenir prévisible, François Bayrou dispose d'une centaine de collaborateurs.

Hématologue. Vampire homologué.

Hôpital. Établissement nosocomial.

Huis clos. Imposé aux matchs disputés par des champions majeurs et aux procès intentés à des délinquants mineurs.

Hydroxychloroquine. Mirage thérapeutique passé *in fine* des traités de médecine aux recueils d'histoires marseillaises.

I

Incarcération. Difficile de déterminer s'il manque 15 000 places de prison ou s'il y a 15 000 délinquants en trop. Dans le doute et devant l'impossibilité de l'État de loger tous les malfrats, on pourrait assigner à ces derniers un confinement à domicile aussi strict que celui qui est appliqué pendant plusieurs mois à des millions d'honnêtes gens.

Incohérences. Macron avait offert des consoles aux jeunes ; la Chine réduit à trois heures par week-end l'usage des jeux en ligne.

Individu. Citoyen peu recommandable. Qualifie aussi bien le voleur à la tire pris sur le fait que le présumé assassin.

Inégalités. La disparition des riches n'améliorera pas la condition des pauvres. On n'a jamais vu les mendiants se faire la charité entre eux.

Info en continu. Nouvelles qui ne le sont plus très vite, entrelardées par des déclarations de syndicalistes et des vieilleries culturelles.

Injonctions. Recommandent d'augmenter les injections sans toujours fournir les produits indispensables *ad hoc.*

Inondés. Victimes de très fortes précipitations que Mac-Mahon avait visitées en déclarant « que d'eau ! que d'eau ! ». Plus tard, on a beaucoup dansé dans les bals organisés pour les secourir.

Insoumission. Rébellion sanctionnée par dix ans de prison mais récompensée par une vingtaine de sièges parlementaires.

Intelligence artificielle. Mise au point par des intelligences naturelles désireuses de se reposer.

Intelligents. Le mot est de moins en moins employé. On préfère dire de ses contemporains les moins bêtes qu'ils sont malins, futés voire madrés.

INTERPELLATION. Euphémisme policier laissant à penser (à tort) que la procédure d'arrestation est uniquement verbale.

INTERROGATIVE (TOURNURE). Recours de plus en plus à l'intonation et de moins en moins à l'inversion du sujet ou du pronom. Exemple : au lieu de « qu'est-ce ? », on dit « c'est quoi ? ».

INTUBATION. Méthode réanimatoire dont, avant qu'on adopte l'oxygénothérapie, on avait l'impression qu'elle faisait surtout souffrir les malades gravement atteints pour qu'ils aient moins de regrets de quitter notre vallée de larmes.

J

« J'AI EU MA DOSE. » Signifie qu'on en a soupé de la conjoncture ou, moins souvent, qu'on a réussi à se faire vacciner pour la seconde fois.

JAUGE. A longtemps mesuré la capacité d'un récipient ou l'importance d'un navire avant de s'appliquer à un stade de 30 000 places ou à une boutique de 20 m^2.

JUDO. Les combats ne reprendront sans danger que si les champions respectent les distances physiques en demeurant chacun chez soi.

JUGE DE PAIX, GARDIEN DE LA PAIX. Leur raréfaction atteste l'entrée dans un état permanent de guerre.

K

KAMIKAZE. Candidat à certains postes ministériels pendant la pandémie.

L

LAÏCITÉ. N'empêche pas l'exécutif de faire une croix sur les plus beaux projets ainsi que les parlementaires de multiplier prêches et sermons.

LANTERNE ROUGE. N'indique plus une maison de tolérance mais la queue d'un peloton cycliste.

« LAVEZ-VOUS LES MAINS ! » Recommandation présidentielle, paternelle et laïque ayant remplacé l'*Ave Maria*.

LÉTALITÉ. Synonyme opaque employé par un responsable pour ne pas choquer le bon peuple avec des morts ou des décès.

LIBÉRALE. Mieux perçu quand le qualificatif s'applique aux infirmières qu'à une politique.

LIBERTÉ. Permission accordée entre deux interdictions.

LIBERTIN. Obsédé généralement en manque de libertines.

LIVRET A. Mauvais placement des bons citoyens.

LOBOTOMIE. Opération du cerveau qui n'est plus pratiquée que par les gouvernements totalitaires depuis qu'elle est interdite aux chirurgiens.

Low Cost. Plus élégant que « rabais » ; moins sordide que « ristourne ».

Lustre (un). Les romains avaient fixé sa durée à cinq ans. Chez nous, il étalonne le temps de pouvoir de présidents qui ne sont pas toujours des lumières.

M

Macronie. Communauté électorale peuplée de 20 743 128 votants sortie soudainement de terre en 2017 et qui pourrait disparaître en 2022.

Magicien dose. Gentil surnom donné à un médecin, à un infirmier ou à un pompier capable d'immuniser six personnes avec cinq unités.

Magistrats. Les juges de la République sont priés de ne pas constituer une république des juges.

Mariage. Parce qu'il est la cause principale du divorce, on ne passera pas davantage d'alliances au doigt sans devoir brandir de plus belle les manches à balai et les rouleaux à pâtisserie.

Masques. Empêchent de respirer les citoyens dont on veut différer le dernier souffle. Lorsqu'ils sont dits « chirurgicaux », dissimulent la déception des malades non Covid dont l'opération a été déprogrammée.

Massacre. Plombs des hommes et bois du cerf.

Masturbation. Circuit toujours très court pour plaisir parfois très long à obtenir.

MÉDIA. Relate un passé souvent proche. Se prononce « médium » quand il prévoit un avenir lointain.

MÉGOTS (JET DE). Abrège le risque tabagique mais provoque des morts en dévastant les forêts. Pas plus sanctionné cependant, quand on retrouve par miracle un responsable, que le défaut de gilet jaune.

MÉMÈRE. Dame qui a moins de chien que de toutous.

« MERCI D'AVOIR ÉTÉ AVEC NOUS. » On n'a jamais été aussi poli avec les politiques de tous bords et les spécialistes de tous poils que sur les chaînes d'info en continu. Façon de faire oublier que, contrairement aux usages anglo-saxons, l'audiovisuel ne verse aucun cachet à ses invités.

MÈRE PORTEUSE. Est à la procréation ce qu'Airbnb est à la location.

MÉTIERS À RISQUES. Ils englobent aussi bien le conducteur d'autobus qui approche tout le monde que le chef d'État qui ne reçoit pas n'importe qui.

MÉTRO. Transport bon marché ou magasin moins cher.

MICROCLIMAT. Trouvaille de syndicat d'initiative.

MIGRANTS CLIMATIQUES. Étrangers souhaitant troquer leur ventilateur contre une petite laine.

MINISTRES (CONSEIL DES). Permet d'informer les membres du gouvernement des décisions arrêtées quelques minutes plus tôt par le Conseil de défense.

Mise en danger de la vie d'autrui. Délit plus fréquent depuis l'inscription dans la Constitution du principe de précaution.

Mise en examen. N'est un progrès que pour les recalés au bac. Il a fallu un certain temps pour comprendre qu'il s'agissait de ce qu'on appelle moins aimablement « accusation ».

Missionnaire. Religieux moins connu pour ses œuvres que pour sa position.

Mobilier urbain. Plus combustible que les salles à manger.

Mobilité décarbonée. Louable ambition des officiels dont les limousines cesseront de rouler au diesel à partir de 2035.

Modélisations. Prévisions épidémiologiques plus souvent étayées par des diplômes que par des statistiques.

Modestie. Seule qualité qu'on ne puisse se vanter de posséder sans qu'elle disparaisse aussitôt.

Mondialisation. Exportations planétaires de tous les problèmes et de quelques produits.

Moraliste. Dealer de bons sentiments.

Moratoire. Renvoie à plus tard l'examen des problèmes urgents.

Mort. De plus en plus considérée indépendamment des assurances prodiguées par différentes religions et jamais vérifiées, comme une cessation définitive d'existence sans aucun espoir de sortir d'un cercueil que les héritiers prennent la précaution de faire équiper d'une serrure extérieure.

MULTIPLICATIONS. Pour les athées, des impossibilités. Pour les croyants, des pains.

MUTIN. Rebelle espiègle.

MUTUELLE. Vieille assurance facultative devenue obligatoire grâce à laquelle un nombre réduit de bien-portants secourt de moins en moins de malades.

N

NATALITÉ. Elle n'augmentera pas sans, à terme, une recrudescence de la mortalité.

NAVETTE. L'allure de celle qui relie l'Assemblée nationale au Sénat fait moins penser à la Nasa qu'à la RATP.

NORMALE DE SAISON. Température moyenne présente dans le passé, rare dans le présent, sans doute absente à l'avenir.

NOSOCOMIALE (MALADIE). Son circuit le plus bref a été observé pendant la pandémie où le virus passait d'un lit d'hôpital où on le soignait à un lit voisin où l'on traitait une tout autre pathologie.

NOTES DE FRAIS. Elles ont longtemps constitué un complément de ressources légal mais dispensé d'impôts. Elles se situent aujourd'hui entre la fausse facture et l'abus de biens sociaux.

Numerus clausus. Condamne certaines de nos zones rurales à ne disposer que d'un médecin et demi pour 10 000 habitants.

O

Obèse. Terme poli et médical pour désigner ceux qu'on appelait naguère des « gros pleins de soupe ».

Optimisation fiscale. Il aura fallu la pandémie pour qu'on s'avise enfin qu'elle spoliait légalement les États honnêtes.

Ovni. L'absence de preuve n'est pas une preuve de leur absence.

Oxygène. Apporte momentanément plus d'espoir que l'hydrogène.

P

Parole. Quels que soient ceux auxquels on l'a donnée, est toujours difficile à reprendre.

Partie en fumée. Végétation incendiée. À ne pas confondre avec partis en fumant concernant les accros du tabagisme.

Partiel. Signifie en réalité « momentané » lorsqu'il s'agit du chômage complet provoqué par la pandémie.

Pass. Préalable à tout rapprochement social. Avec un « e », se limite à un contact prostitutionnel.

Pathologies. Maladies dont les soignés meurent parfois mais qui aident à vivre les soignants.

Patients. Malades improprement nommés car ils ont hâte de sortir de l'hôpital.

Pâtissiers (attentats). Jamais les notables avides de se goinfrer du gâteau préparé par la mère patrie n'ont été autant victimes du lancer d'œufs rarement frais, de l'enfarinage et surtout de l'entartage, inventé dès 1927 par Laurel et Hardy, revendiqué aujourd'hui par le collectif Al Qaïtarte.

Pédagogie. Confiée aux forces de l'ordre lorsque les écoles sont fermées. L'heure de colle est alors remplacée par une amende de 135 euros.

Pendant. Espace temporel compris entre avant et après.

Peine plancher. Contre toute logique, c'est le parquet qui n'en veut pas.

Peloton(s). Au singulier, agglomérat de coureurs cyclistes ; au pluriel, encouragements à attoucher.

Perpétuité. Comme son nom ne l'indique pas, châtiment limité le plus souvent à quelques décennies d'emprisonnement.

Petit-Clamart. Attentat qui ne s'est soldé – quelques mois plus tard – que par la mort du tireur maladroit.

Petit nègre. Survivance linguistique de notre empire colonial. Exemples : « geste barrière » ; « cas contact », et l'inévitable « Merci à vous ! » des invités de l'audiovisuel.

Pharmacovigilance. Ensemble de précautions très postérieures aux ravages du Mediator. A valu une amende de 300 000 euros à l'Agence européenne du médicament.

Photovoltaïque. Énergie solaire toujours encouragée mais de moins en moins bien vue depuis que de petits producteurs revendent très cher leurs surplus à EDF.

Pierre. Soutient la chrétienté et l'immobilier.

Pissenlits. Ceux qu'on mange par la racine sont préservés des pesticides. Une bonne nouvelle pour les défunts.

Placebo. La plus cruelle des méthodes puisque, basée sur le hasard, elle fait croire à la moitié des cobayes qu'on va les sauver alors qu'elle les condamne souvent à mort.

Plage dynamique. Étendue de sable sur laquelle il fut naguère interdit de s'allonger en limitant au front le bronzage des baigneurs.

Planification. Aboutit à laisser en plan les organisations précédentes.

Police judiciaire. En dépit de l'association, l'expression n'a pas réussi à réconcilier la police et la justice.

Politicien. Politique avec lequel on n'est pas d'accord.

Pompiers. Ils n'acceptent plus de neutraliser les nids de guêpes mais ils ont donné leur accord pour aider à vacciner sur une grande échelle.

Positif. Adjectif employé indifféremment par des épidémiologistes inquiets et par des ministres se voulant rassurants.

Postes. Le courrier électronique condamne à disparaître notre plus ancien service public initié par Louis XI. Déjà, les facteurs distribuent moins de lettres qu'ils n'apportent d'aide aux personnes âgées.

Pousser les murs. Agrandir en catastrophe un service de réanimation.

Prélèvement. Encore plus douloureux sur les comptes en banque que dans les corps humains.

Prescription. Il faut en diminuer la durée afin de ne pas voir augmenter le nombre des agressions sexuelles non sanctionnées.

Présentation. Il s'agit moins souvent de celle d'une fiancée à la famille que celle d'un criminel à un juge d'instruction. Sans qu'on sache exactement comment se déroule l'entrevue. Le magistrat souhaite-t-il la bienvenue à son interlocuteur ? Celui-ci répond-il en évoquant la confiance qu'il a dans la justice ? Mystère.

Présidence (de la République). Comme Balladur, Juppé, Hamon et Mélenchon ne seront jamais élus à la magistrature suprême, rien n'interdit de penser qu'ils auraient mieux exercé cette fonction que les concurrents qu'on leur a préférés.

Président. Il paraît qu'un Français sur trois l'est. Les deux autres sont vice-président et secrétaire général. D'une association de consommateurs, d'un syndicat de copropriétaires ou d'une amicale bouliste.

Présidentielles. En l'absence de bons candidats, on élira un mauvais s'il promet d'éviter le pire.

Présomption. Idée préconçue juridique autorisant un coupable avéré à être considéré comme un présumé innocent.

Prétendant. Plus souvent au lit d'une demoiselle qu'au trône de la République.

Primaires. Citoyens ayant arrêté très tôt leurs études ou éliminatoires destinées à départager ceux qui les ont poussées très loin.

Principauté. État trop petit pour connaître de grands problèmes.

Principe (de précaution). Imposé constitutionnellement par Jacques Chirac pour ne pas être oublié.

Prioriser. Vieux verbe exhumé pour ne pas donner l'impression de ne pas favoriser que les notables.

Problématique. Problème insoluble à force d'être récurrent.

« PROFESSEUR ! » N'est un vocatif que pour celui qui a fait de longues et brillantes études en médecine. Pas pour le professeur des écoles qui n'est qu'un modeste instituteur.

PROMESSES. Ne conservent leur attrait que tant qu'elles ne sont pas tenues.

PRONOSTIC FATAL. Suggère qu'un lit d'hôpital sera bientôt libéré.

PROTOCOLE. Régissait les palais royaux, les résidences présidentielles, les ambassades avant de faire la loi chez les coiffeurs et dans les petites épiceries.

PROVISIONS. Rapportées du marché ou envoyées à un avocat.

PSYCHOSE. Celle du coronavirus a fait oublier aux survivants provisoires qu'on pouvait mourir d'autre chose.

Q

QUARANTAINE. En devenant plus fréquente, s'est réduite à quatorze jours, puis à dix jours, enfin seulement à sept jours estimés insuffisants par scientifiques.

QUESTEUR. Parlementaire auquel la confiance de ses collègues permet d'économiser un loyer.

QUOTIDIEN. Vie journalière de personnes lisant de moins en moins chaque jour la presse écrite.

R

Radiations. Soignent les cancers ou aggravent le chômage.

Radicalisation. Préparation au pire échappant généralement à la perspicacité des meilleurs.

Réalité augmentée. Coup de pouce capable, par exemple, d'ajouter un sixième doigt à chaque main.

Reconnaissance faciale. Se situe trop haut pour faciliter également la reconnaissance de paternité.

Récréatif. Les sybarites inconséquents et les démagogues forcenés qui ont imaginé d'associer ce qualificatif au cannabis ou au protoxyde d'azote devraient être condamnés aussi sévèrement que les dealers dont ils facilitent le coupable commerce.

Réduction. On n'a pas fini de reprocher à la Cinquième République d'avoir réduit les peines plutôt que les impôts.

Réforme. Projet – sans cesse reporté – de substituer à une ancienne loi démodée un nouveau texte pas plus efficace.

Régions. Leur réorganisation a fait reculer la vieille tradition du jacobinisme mais les élus qui les dirigent ont moins de pouvoirs que les gouverneurs américains.

Religion. Prêt-à-prier.

RENDEZ-VOUS. À l'époque où il y avait plus d'urgence amoureuse que sanitaire, Woody Allen affirmait qu'« un bisexuel double ses chances d'avoir un rendez-vous le samedi soir ». Aujourd'hui, la pandémie permet aux esseulés et aux solitaires candidats à la vaccination d'avoir, dans le meilleur des cas, deux rendez-vous.

RENIFLEURS. Les chiens se sont révélés plus opérationnels que les avions.

RÉOUVRIR. Faute de français et imprudence sanitaire.

RÉPLIQUE. Repartie humaine ou récidive sismique.

RÉPONSES PÉNALES. Pour les entendre, il faut tendre de plus en plus l'oreille.

RÉPUBLIQUE EN MARCHE. Après quatre ans de balade, elle a besoin de changer de godillots.

RÉSERVE SANITAIRE. Mobilisation des étudiants et des retraités.

RESSERRÉ (LE GOUVERNEMENT). Jamais les ministres ni les secrétaires d'État n'ont été plus nombreux puisque, chaque mercredi matin, ils sont quarante et un autour du président dans le salon Murat.

RESTAURATION. Succède à un confinement ou à une république.

RESTOS (DU CŒUR). Ils ont donné leurs lettres de noblesse à la soupe populaire grâce à un comique du show-biz ayant laissé un plus vivace souvenir que la plupart des rigolos de la politique.

RETENUE (À LA SOURCE). Évite d'avoir dans sa poche un argent qu'on ne peut plus dépenser.

RETRAITE. La langue française est moins riche qu'on ne le prétend qui ne dispose que d'un seul vocable pour désigner chez les militaires à la fois la pire faute et la meilleure récompense.

REVENUS. Ils méritent de moins en moins leur nom depuis que le fisc les confisque avant même qu'on les touche.

REVOYURE (CLAUSE DE). Mot argotique mis à la mode par Raymond Queneau après la guerre et passé trois quarts de siècle plus tard dans le langage technocratique.

RODÉO. Tapage nocturne organisé par des propriétaires de motos désireux de montrer aux riverains que leurs engins sont plus puissants que ceux de la police.

RONDE. Naguère, patrouille policière ; désormais, dame en surpoids.

ROYALISTE. Croit ressembler au futur roi d'Angleterre quand il porte un complet prince-de-galles.

S

SAINT-PIERRE (PLACE). Haut lieu de la chrétienté transformé en désert par un virus plus fort que la religion, au point que le pape ne met plus le nez que rarement à sa fenêtre.

Sanitaire (pass). Pour l'heure, atteste déjà une préférence pour l'état de cobaye plutôt que pour celui de défunt.

Sciences. Tout ce que d'autres savent et que nous ne comprenons pas.

Scientifique (Conseil). Réunion de savants dont l'exécutif choisit souvent d'ignorer les recommandations.

Scolarité. Congé de dix mois, interrompu de temps en temps par des cours.

Secrétaire d'État. Graine de ministre. Connaît souvent mieux le chef de l'État que l'informatique.

Sécu. Monument social français. A longtemps attiré encore plus d'étrangers que la tour Eiffel.

Séisme. Plus la Terre se réchauffera, plus elle tremblera.

Sens contraire (à la marche). Donne l'impression à la moitié des voyageurs ferroviaires de se trouver dans un landau poussé par une nounou devenue folle.

S'envoyer en l'air. Donne autant de plaisir aux astronautes dans l'espace qu'aux amoureux dans un lit.

« SE PROTÉGER EN PROTÉGEANT LES AUTRES. » Conclut aussi régulièrement les injonctions des spécialistes que « Vive la République ! Vive la France ! » les discours du chef de l'État.

SÉQUENÇAGE. Depuis le remplacement du service militaire par la pandémie, est aux nouveaux virus ce que la visite d'incorporation était aux conscrits.

SIGLES. La politique en a toujours beaucoup usé. Maintenant, elle en abuse puisque aucun parti politique n'est plus désigné par son intitulé complet. Résultat, PS, PC, LR, LREM, LFI, RN, EELV ont du mal à recruter faute d'être identifiés instantanément.

SIGNALEMENT. Délation méritante.

SINISTRE. Gros incendie ou bipède éteint.

SOCIÉTÉ CIVILE. Elle n'acceptera jamais que les militaires donnent leur avis sur ses décisions et condamnent ses ratages.

SOIGNANTS. Courageux tacherons de la survie en milieu viral. Allergique à la poésie au point de ne pouvoir faire rimer richement « sanitaire » et « autoritaire ».

SOLEIL. Favorise le tourisme et les cancers de la peau.

SOLIDARITÉS. Associées (au pluriel) pour la première fois avec la santé (toujours au singulier) dans l'intitulé d'un ministère.

Sondages. Il n'en existe aucun sur leur fréquence et leur validité. Sauf qu'en plus de quatre-vingt-onze années d'existence, l'auteur de ce livre n'a été interrogé qu'une seule fois sur ses préférences en matière de confitures.

Souche historique. Ancêtre viral n'ayant pas donné naissance à des variants.

Sous-marin. Après avoir coûté 1,5 milliard, continue à racler les fonds.

Soutane. Cette robe pour hommes dont les vieux curés conseillaient aux jeunes prêtres de tenir l'ourlet entre les dents lorsqu'ils oubliaient le vœu de chasteté, n'est plus portée que par les comédiens interprétant des ecclésiastiques d'un autre temps.

Spa. Recours à l'eau pour les soins esthétiques et à la salive lorsqu'il s'agit d'une contraction interrogative.

Sport. L'accélération équivalente à un millième de seconde sur le 100 mètres ne console pas tous les Français de la disparition du supersonique.

Station. Quand elle n'est pas de radio, de métro ou orbitale, peut être debout.

Stop and go. Alternance de freinage et d'accélération formulée par des technocrates anglomanes.

Stratégie (vaccinale). Faux-fuyants derrière lesquels s'est abrité le pouvoir pour ne pas reconnaître qu'il a manqué du nerf de la guerre menée contre le virus. Par exemple, l'interminable questionnaire liminaire auquel au début de 2020 étaient soumis les pensionnaires des Ehpad.

Stupéfiant. Drogue dont le pouvoir est tout étonné de la prolifération.

Sur. A remplacé « à ». On arrive maintenant *sur* Paris comme si l'on avait été largué d'un avion avec un parachute.

Surpopulation. Il faut arrêter d'encourager la natalité sur notre vieille planète car il n'y a pas assez de nourriture, de logements, de transports, de médicaments et surtout de vaccins pour neuf milliards de Terriens.

Suspect. Individu dont la police sait seulement sait seulement qu'il aidait à porter leurs cabas ses voisines revenant du marché.

Sustenter (se). Manger sans plaisir.

T

Tarmac. Certaines de ces aires de stationnement sur les aérodromes voient voler plus de valises que d'avions.

Taxe d'habitation. Sa suppression apparaît comme une promesse de Gascon appliquée dans tous les territoires.

Télésurveillance. Permet de multiplier les zones observées sans que l'on soit assuré qu'il en est de même pour les observateurs.

Télévision. Fenêtre ouverte sur le monde n'empêchant pas de lorgner vers la salle de bains du voisin.

Témoignages. N'ont jamais été plus nombreux ni plus précis. Au bon vieux « j'ai entendu du bruit. Je suis sorti de ma cuisine où je préparais un cassoulet mais il n'y avait plus personne » a succédé « l'individu mesurait 1,83 mètre. Il avait des cheveux bouclés et une kalachnikov de type AK-74 ».

Témoin assisté. Dernier venu dans la galerie judiciaire. Placé entre les témoins et les mis en examen, il a droit à un avocat, à l'accès au dossier, à la parole ou au silence, à des confrontations et à un sandwich vers 13 heures.

Température. La différence entre celle du corps humain et celle de son environnement est devenue la principale préoccupation de gouvernants enclins à faire souffler le chaud et le froid.

Temporalité. Vérité provisoire à l'usage des bac + 5. Signifie généralement « ce n'est pas le moment ! ».

Territorialisation. Ambition de régionaliste moins touché que les autres par le Corona.

Terrorisme. Ne disparaîtra pas tant que ceux qui se sont donné pour objectif de semer la terreur sans craindre leur propre mort n'auront pas pris peur – lorsqu'ils ne sont pas abattus immédiatement – de passer le reste de leur existence en prison.

TEST NASAL. Le nombre de ses utilisateurs permet aussi d'induire *a contrario* le nombre des citoyens qui ne peuvent plus sentir le régime.

THROMBOSE. Elle existait bien avant la mise au point de l'AstraZeneca mais on n'en parlait pas.

TOUR DE FRANCE. Déplacement faisant baisser le taux de CO_2 pour peu qu'entre deux caravanes motorisées, les cyclistes pédalent la bouche fermée.

TOURISTES. Déboulent de leur pays avec des devises et des virus.

TRAMWAY. Véhicule affecté aux transports en commun dont on enlève périodiquement les rails avant de les reposer quelques années plus tard.

TRANSITION. Écologique ou numérique, désigne le temps nécessaire et les efforts indispensables pour passer de la tradition à la modernité.

TRANSPARENCE. Avant de la réclamer sur l'air des lampions, encore aurait-il fallu déterminer ce qu'elle autorisera à voir et qu'on aurait mieux fait de cacher.

TRAVAIL. Après des mois d'inertie forcée, l'ancien épouvantail des classes paresseuses est redevenu le premier objectif des classes laborieuses.

TRÉPAS. Mort d'un lettré.

TROP PICAL. Pas assez frais.

TROTTINETTE. Au départ, concurrente de la patinette. À l'arrivée, véhicule permettant aux adultes de rouler sur les trottoirs et, parfois, aux criminels de fuir les lieux de leurs forfaits.

U

URGENCE. Elle est absolue, sanitaire, sociale ou climatique.

URNE. Recèle les espoirs des vivants et les cendres des morts.

V

VACANCES. Possibilités d'aller dormir à plus de dix kilomètres de chez soi. Compatibles, la journée, avec le télétravail. Au singulier, pouvoir tombé en quenouille.

VACCINODROME. Néologisme admis dans le Robert quelques semaines après sa création. Est à la pandémie ce que les arènes étaient aux jeux du cirque. Sauf que les gladiateurs ont fait place à des citoyens qui ne veulent pas mourir.

VAGUE. Période d'épidémie sur laquelle on s'évertue à surfer.

VALEURS (NOS). L'expression concerne tantôt les placements boursiers, tantôt les convictions républicaines.

VANDALISME. Saccage de ce qui marche encore. Mise hors d'état de servir par des tarés que l'on est incapable de mettre hors d'état de nuire.

VARIABLE D'AJUSTEMENT. Possibilité pour des décideurs de changer d'avis toutes les heures.

VARIANTS. Depuis leur prolifération, les fonctionnaires hésitent à demander une mutation.

VIAGER. Achat d'un bien immobilier en bon état à un propriétaire souhaité en mauvaise santé.

VICE-PRÉSIDENT. Aux États-Unis, il appartient au même parti que le chef de l'État et préside de droit le Sénat. En France, ce poste n'existe pas. L'intérim du magistrat suprême revient au président de la chambre haute qui, actuellement, est aussi le chef de l'opposition. Nicolas Hulot souhaiterait la nomination d'un vice-président écolo ayant autorité sur tous les ministres.

VIDÉO. Donnée par l'État aux jeunes pour leur faire oublier que s'ils ont une console, ils n'ont pas d'emploi, pas de chômage, pas d'avenir.

VIE NORMALE. Portion d'existence durant laquelle on sort de chez soi, on rencontre les autres, on reçoit sa famille, on va dans les restaurants et dans les bars, au théâtre et au cinéma, on voyage et où on ne fait plus seulement l'amour avec bobonne.

VIEILLESSE. Elle a fait tellement de progrès qu'elle peut remplacer souvent les charentaises par des baskets.

Vigilance renforcée. Période durant laquelle les policiers et les soignants ne laissent plus passer que les virus.

Viol. S'étend désormais aux épouses qui ont la migraine.

Visioconférence. Elle autorise chaque participant à intervenir de chez lui vêtu d'une chemise et d'un veston mais pas obligatoirement d'un pantalon.

« Voilà ! » Fait office de conclusion dans la bouche d'un citoyen qui s'est raconté, d'un sportif après l'effort ou d'un syndicaliste pressé d'aller déjeuner.

Voile. Occulte les visages mais pas le racisme.

Voitures électriques. On est incapable d'évaluer leur nombre faute de les entendre arriver.

Volcan. Leurs éruptions rappellent qu'il fait encore plus chaud au centre de la Terre qu'à l'extérieur.

Volonté politique. Décision prise à des fins électoralistes par des profiteurs du suffrage universel.

Voyages officiels. Leur remplacement par des visioconférences a aggravé la crise du transport aérien.

Vulnérables (personnes). Électeurs dont les candidats redoutent qu'ils ne soient plus en état d'aller voter au prochain scrutin.

X

Xénophobie. Rejet de tout flux migratoire par des citoyens dont le plus grand plaisir réside dans la pénétration d'un corps étranger.

Y

Yachts. Observatoires flottants, souvent amarrés dans le port de Saint-Tropez, à bord desquels les riches regardent déambuler les pauvres.

Z

Zones de non-droit. N'existent pas pour des ministres précédés, encadrés et suivis par des voitures de police.

TABLE

DU MÊME AUTEUR (*suite*)

Pas de quoi être fier, Robert Laffont.
Contribuables mes frères, Robert Laffont.
Cent voitures et sans regrets, Jean-Claude Lattès.
Les Pensées, Le cherche midi.
Un homme libre, roman, Grasset.
La Grinchieuse, roman, Albin Michel.
Journal de Bouvard, Le cherche midi.
Une pâle ordure, roman, Albin Michel.
Joueurs, mes frères, Robert Laffont.
Journal de Bouvard 1997-2000, Le cherche midi.
La Belle vie après 70 ans, Albin Michel.
Auto-psy d'un bon vivant. Journal, 2001-2003, Le cherche midi.
Des femmes, Flammarion.
Mille et une Pensées, Le cherche midi.
Tout sur le jeu, Flammarion.
Portraits pour la galerie, Albin Michel.
Je suis mort. Et alors ?...., Flammarion.
Ma vie d'avant, ma vie d'après, Flammarion.
Le Bourgeois théâtreux, Flammarion.
Je crois me souvenir... 60 ans de journalisme, Flammarion.
Les morts seraient moins tristes s'ils savaient qu'ils pourront encore se tenir les côtes en regardant les vivants, Flammarion.
Bouvard de A à Z, Flammarion.
Gaston et Gontran, Flammarion.
Bonsoir Madame ! Bonsoir Monsieur !, Flammarion.
Mes dernières pensées sont pour vous, Flammarion.

Quand j'ai commencé à broder, les haricots avaient encore des fils…, Plon.
Des grumeaux dans la passoire, Plon.

Cet ouvrage a été composé
Par Facompo à Montrouge (Hauts-de-Seine)

Impression réalisée par
CPI France
en septembre 2021
pour le compte des Éditions de l'Archipel
département éditorial
de la S.A.S. Écriture-Communication.

IMPRIM'VERT
Votre imprimeur agit pour l'environnement

Imprimé en France
N° d'impression : 3044554
Dépôt légal : octobre 2021